二十一世纪出版社集团
21st Century Publishing Group

克里斯蒂娜·涅斯特林格（Christine Nöstlinger 1936—2018）维也纳人，德语国家中最著名的童书女作家。1984年获国际安徒生奖作家奖。2003年获首届林格伦纪念奖。她的作品多元且童趣十足，带有高度敏锐的严肃、看似漫不经意的幽默以及无声的温暖。"弗朗兹的故事"系列是作者对一个六岁男孩长期追踪观察以后陆续写出的。

亲爱的中国小读者：

　　我希望弗朗兹能带给你们快乐。

　　我还从来没有去过中国，也不知道，跟一个奥地利孩子的生活相比，你们的生活会不会是完全不同的。不过，看看这个世界上另一个地方的孩子过得怎么样，看看他们碰到了哪些问题，或许对你们也是一件很有趣的事情。

　　致以最亲切的问候！

克里斯蒂娜·涅斯特林格

插画·翻译
作者简介

艾哈德·迪特尔（Erhard Dietl, 1953— ）德国著名儿童文学作家和插画家,出生于雷根斯堡。出版近百本儿童图书,被翻译为多种语言。他为自己和其他作家的作品插图,同时也创作儿童戏剧和动画片。曾获奥地利青少年儿童奖、德国书艺奖、奥地利青少年童书奖等众多奖项。

湘 雪 女。中央戏剧学院戏剧文学系毕业,任教于表演系。德国科隆大学戏剧电影电视学院留学六年。热衷文学和影视戏剧创作及经典翻译。剧院的邂逅,跟随她的先生去了他的故乡奥地利。翻译"弗朗兹的故事"系列让她和他都备感兴奋,译本荣获首届德译中优秀童书奖。

[奥] 克里斯蒂娜·涅斯特林格

弗朗兹的故事

[德] 艾哈德·迪特尔 插画

湘雪 译

二十一世纪出版社集团

目 录

弗朗兹碰到了头疼的事 …………… 9

弗朗兹是怎么给妈妈一个惊喜的 ……… 22

弗朗兹是怎么学习认字的 …………… 39

弗朗兹为什么会肚子痛 ……………… 63

弗朗兹的对头不见了 ………………… 87

弗朗兹的烦心事儿 ………………… 107

弗朗兹是怎么战胜他的尖嗓音的 …… 116

弗朗兹对什么感到不满意 …………… 136

格莫尔人成了一个麻烦 ……………… 146

弗朗兹碰到了头疼的事

弗朗兹今年六岁了,可他长得一点儿也不高。于是好多人都不觉得他有六岁,还以为他只有四岁呢,而且他们也不相信他是个男孩子。

每次,弗朗兹去买苹果的时候,卖蔬菜水果的大妈总是这么招呼他:"你好哇,小姑娘!"

要是弗朗兹到小商亭买报纸的话,看摊的叔叔也总是对他说:"小美女,这是找你的钱。"

这都是因为弗朗兹长得太像小女孩了。他有一脑袋卷卷的金黄头发,还有着矢车菊一样蓝蓝的眼睛和红樱桃似的小嘴。最要命的是,他还长着胖嘟嘟的粉红脸蛋!本来大部分人就认为,只有漂亮的小姑娘才会长成这样,所以他们都不肯相信,这么漂亮的弗朗兹,怎么可能是个小男孩呢?

弗朗兹的爸爸小时候长得也像个小姑娘,现在他可是个长着胡子的大个子男人,再没人会把他错看成女人了。

爸爸经常把老早老早以前的照片指给弗朗兹看:"这个,就这个看起来像小姑娘的,就是我!"

然后,他又指着那些不那么老早的照片给弗朗兹看:"你看,这是我长大几岁之后拍的。这会儿就没人再觉得我是个女孩了。你长得就像爸爸小时候,用不了多久事情就会过去的!"

对弗朗兹来说,这是个极大的安慰。可尽管如此,他还是觉得很生气,为什么偏偏他长得像个小姑娘呢?就因为这个,有些男孩根本不愿意跟他一起玩。不管是在公园里,还是在儿童游乐场,要是弗朗兹想在足球赛中当守门员的话,那些男孩子就冲他嚷嚷:"对不起,我们队不接收女孩!"

弗朗兹努力向他们解释,自己是男孩不是女孩。可他们根本不相信他的话,还一起笑话他。他们对他说:"别骗人啦!从你说话的声音就能听出来,你不是个男孩!像你这么尖声尖气的声音,只有女孩才会有!"

其实弗朗兹说话原本一点儿也不尖声尖气的。可要是他非常激动的话,他的声音就会变得尖尖的。尤其是当其他男孩把他看成女孩,而不跟他一起玩的时候,他就会激动得不得了。

有一次,弗朗兹在家里没事干,就从厨房的窗户往楼下院子里张望。那天是星期天,他看到院子里有个男孩。这个男孩他还从来没在院子里看见过,肯定是从外面来的。

男孩在院子里溜达来,溜达去,嘴里还吹着口哨。他冲着一个罐头盒踢了一脚,罐头盒一下子从院子这头滚到了那头。男孩追在罐头盒后面,又给了它一脚。

"妈妈,你认识楼下那个男孩吗?"弗朗兹问妈妈。

妈妈走到厨房的窗户旁,也往楼下院子里看了看。

"那可能是伯格太太的外甥。"妈妈说,"他可能跟他妈妈一起来伯格家做客。待在屋里他大概觉得太闷气了,所以跑出来玩。"

弗朗兹太理解这有多无聊了。每次他去阿姨家的时候,也觉得可没劲了。

弗朗兹急急忙忙地往他的裤兜里塞了四个弹子、三块泡泡糖、两个铁皮青蛙和一张餐巾纸,然后他对妈妈说:"妈,我到下面院子里去玩了!"

妈妈觉得这主意不错。

"不过,你得规矩点儿,"她在弗朗兹身后冲他喊道,"伯格家族的人规矩大!"

弗朗兹搞不懂什么叫"家族",也不明白妈妈说的"规矩大"是什么意思。不过这会儿他急着去找那男孩,可没时间去搞明白这些个生词的意思。

在跑进院子之前,弗朗兹从地下室搬出了他的自行车。这车还是崭新锃亮的,车身的红漆亮得耀眼,车把上还装了一个大大的橡皮喇叭。

能有这么一辆自行车,弗朗兹感到十分骄傲。他想:那个男孩看到我的车子,准得瞪大了眼睛!这么漂亮的自行车，他肯定还从来没见过！

弗朗兹把自行车推到院子里，他坐了上去，开始骑着车子，绕着那男孩转起圈来。他越绕圈子越小，车子离男孩就越来越近，同时他大声地按着喇叭。

男孩停止了吹口哨，他冲弗朗兹喊道："嗨，你！你叫什么名字？"

弗朗兹刹住了车子，跳下来说："我叫弗朗兹！"

那男孩笑起来:"一个女孩不可能叫弗朗兹。"他大声说。"当然不会。"弗朗兹表示同意,"不过我不是女孩!"他的声音听起来有点儿尖尖的。谁要是老有麻烦的话,麻烦还没来,就能闻出点儿味道来了!

那男孩看起来一点儿都不相信他说的话。

"我是个男孩!真的,我发誓!绝对不骗你!"弗朗兹赌咒发誓地说。

"我可不信!"男孩使劲摇着头。

就在这时,通向院子的大门打开了,佳碧拎着一只垃圾桶走进院子。她走到大垃圾箱旁边,把桶里的垃圾倒了进去。

佳碧是弗朗兹的好朋友,她就住在弗朗兹家隔壁。平常她跟弗朗兹玩得很好,不过今天她对弗朗兹连眼皮都没抬一下,一眼都没看他,因为昨天他们刚刚吵翻了。他甚至踩了她的脚指头,还向她吐了唾沫。就因为昨天他们一起玩那种叫作"你可别生气"的跳棋游戏时,她连着赢了五把。

男孩向佳碧招了招手,冲她喊道:"嗨,那孩子,过来一下!"

佳碧放下手中的垃圾桶,朝男孩走过来,也就是朝着弗朗兹站的地方走来。"你想干什么?"她问那男孩,对弗朗兹她还是眼皮都没抬一下。

男孩指了指弗朗兹说:"这家伙说他是个男孩,是真的吗?"

这会儿,佳碧抬眼瞅了瞅弗朗兹。开始时她的眼神还是凶巴巴的,随后她脸上浮出了微笑,不过看起来很有些别有用心。紧接着她叫了起来:"谁?简直是胡扯!这是佛朗茜斯卡!她成天想入非非的,老是说她自己是个男孩!"

说完佳碧就转过身去,拎起自家的垃圾桶跑回楼里去了。一边跑,她还一边哧哧地笑个不停。

"你这个坏蛋！"弗朗兹冲着她的背影骂道，"你是地地道道的大混蛋！"他气得声音全都变了，又尖又细的。

"嘘！"男孩说，"你怎么能这么骂人哪？！对女孩子就更不可以了！"

"她骗人！"弗朗兹快说不出话来了。

"真的！就因为我们吵架了，她想报复我才这么说的。"

男孩子摇着头，同时用食指敲着额头，表示他怀疑弗朗兹的脑子出了毛病。

"可你得相信我呀！"弗朗兹哑着嗓子说。

男孩子把两只手插进了裤子口袋,无可奈何地冲着弗朗兹叹了口气,转过身去不再搭理他:"以为能骗得了我,你也太傻了吧。"他嘴里嘟哝着。

弗朗兹的两只手紧紧地攥成了拳头,他站在那里像个拳击运动员似的,两只眼睛狂怒地瞪着对方:"你要是再不相信我,我就把你揍扁!"他尖声喊叫着。

那男孩连头都没回就说:"我可不跟小姑娘打架,这事儿咱不干!"

弗朗兹攥紧的小拳头松了开来,他一点儿办法都没有了,气得直想嚷嚷,眼泪也不听话地冒了出来,在眼眶里直打转,有两滴甚至滚了出来,顺着他那胖嘟嘟的粉红色脸蛋流了下来。

男孩转过身来。"天哪!"他喊了起来,"你们女孩干吗动不动就要大哭大闹的?"

这会儿,弗朗兹就只剩下最后一招了:他解开了裤子的纽扣,让裤子滑到地上,然后把小裤衩脱到了膝盖下。

"看看这!"他大吼了一声,这时,他的声音一点儿也不尖了。

"现在你该相信我了吧?!"

那男孩目瞪口呆地看着光屁股的弗朗兹。然后他想说点儿什么,可还没等他的话说出口,伯格太太就跑进了院子。她像闪电一样飕地冲到弗朗兹面前,朝着他大喊大叫:"嗨,你!你这个不要脸的小坏蛋!你就一点儿都不害臊吗?"

她把弗朗兹的小裤衩和外裤拉到腰上,拎着他的衬衣领子,把他拽进了楼里。她揪着弗朗兹走上了楼梯,一直把他拎到了家门口,然后按响了他家的门铃。

等弗朗兹妈妈开门出来的时候,伯格太太还火冒三丈地对她吼道:"再别让你们家这个小坏蛋下楼到院子里去玩了!他会把其他的好孩子都带坏的!"

说完这话,伯格太太才松开了弗朗兹的脖领子。弗朗兹跌跌撞撞地摔进了门厅。伯格太太大声叫骂着,雄赳赳气昂昂地走开了。

从那以后,伯格太太再也不看弗朗兹一眼了。就算是弗朗兹礼貌地向她问好,她也决不回答一个字。

弗朗兹觉得很委屈,他跑到妈妈那里去抱怨。妈妈对他说:"这事很明白,我早就告诉过你,伯格家族的人规矩大!"

现在弗朗兹对那两个不明白的词儿有了深刻体会。他想:规矩大的家族都不愿意让事实真相大白于天下!

弗朗兹是怎么给妈妈一个惊喜的

弗朗兹很喜欢去幼儿园。他一想到自己不久就得上学了,心里就有些难过。不是因为他害怕学校,而是因为那样他就不能再待在幼儿园,守着丽茜阿姨了。

弗朗兹可喜欢丽茜阿姨了。她歌唱得很好听,人也长得很漂亮,故事也比妈妈讲得好,连弗朗兹做体操动作时,她也比妈妈表现好。要是弗朗兹做倒立的话,妈妈总是说:

"得了,快下来!你会摔折你的腰的!"

可丽茜阿姨会很欣赏地鼓励他说:"太棒了!你将来准能成世界冠军!"

要是弗朗兹中午忘了带面包的话,丽茜阿姨就会把自己的面包分一半给他。

弗朗兹就是不太愿意跟丽茜阿姨做手工。在幼儿园弗朗兹得用一大堆无聊的破烂做手工:用栗子做小动物哇,用金属薄膜做星星啊,用陶土珠子串成项链哪,用核桃壳做小船啦什么的,还有用酸奶杯子做花盆一类的。

每次丽茜阿姨说:"现在我们来做手工!"弗朗兹就会叹口气,然后拉长了脸。这时他就会想去学校了。他想:在那儿他们不会让我们干这种小儿科的事了!在那儿他们会造滑翔机和城堡!

有一天,丽茜阿姨说:"孩子们,母亲节就要到了!我们一起给你们的妈妈做些漂亮的礼物吧!"

"做什么呢?"孩子们问道。

"我们来做书签。"丽茜阿姨说。

"书签是什么?"弗朗兹问。

丽茜阿姨给弗朗兹看了看一张卡片。那是一个长方形的绿色纸片,上面粘着剪成心形的红色纸条。在纸片的一头有毛线做的穗穗。"这就是书签。"丽茜阿姨说。

这个带穗穗的纸条不怎么中弗朗兹的意,他没觉

得这有什么漂亮的。

"那这有什么用呢?"他又问。

"可以把它放在书里,"丽茜阿姨解释说,"放到正好读到的那一页。这样,下次就知道,该从哪里开始读下去了。"

"这东西我妈妈不需要,"弗朗兹说,"她总是把书页折个角做记号!"

"就是啊,那是因为她没有书签。"丽茜阿姨说。

可弗朗兹不这么想,妈妈在家里有的是纸条!不过他不想跟丽茜阿姨争辩。他乖乖地剪了一张纸条,从彩纸上剪下红心贴上,又编好了穗穗。可他心里想:这玩意儿我才不会送给妈妈呢!我要想出更好的主意来!

　　开始弗朗兹想送妈妈一瓶香水。可是当他把自己的钱放到香水店阿姨的面前时,她却说:"你这点儿钱还不够买一瓶盖的呢!"

"那我能买什么呢？"弗朗兹问她。

"一块高级的香皂。"卖香水的阿姨说。

弗朗兹又把他的钱装回了口袋里。他觉得香皂跟书签一样傻。

然后弗朗兹想起来，妈妈一点儿都不喜欢洗她的车子。于是他找出三张纸，每张分成四份剪开。他拿着这十二张卡片去找约瑟夫。

"帮帮忙，"他对哥哥说，"请在每张卡片上写上：洗一次车的赠券。写得漂亮些！"

"干吗？你这个小笨蛋！"约瑟夫莫名其妙地问。

"我想母亲节的时候送给妈妈！"弗朗兹说。

"不行，"约瑟夫说，"我都已经答应给她洗二十回车了。洗三十二回车，她可用不着。她的车没那么脏！"

弗朗兹敢肯定，约瑟夫根本没做给妈妈当作礼物的赠券，他也绝对相信，约瑟夫压根就没想到要做赠券的事。他想：这下他把我的好主意给抢走了！

反正弗朗兹本来也不喜欢洗车，那就把这个好主意送给哥哥吧。他想：我还能想到更好的主意！

晚上的时候，弗朗兹跟妈妈一起翻看相册。他们俩都喜欢干这事。

翻着翻着，妈妈看到了一张照片，那上面是弗朗兹的太姥姥和老姑奶奶，太姥姥穿着一条长裙，头上戴着一顶帽子，一顶大大的帽子，还有一条宽宽的帽檐，帽子上还罩着面纱，还有飘带和好多的玫瑰。

老姑奶奶也穿了一条漂亮的长裙，白色的；头上也戴着一顶帽子。她的帽子比太姥姥的还大，帽子上还有长长的羽毛，一条带子宽得像围巾一样，飘在帽子边上。

妈妈仔细看着这张照片,她叹了口气说:"那时的帽子真是美妙绝伦哪!可惜这样的帽子现在再也看不到了!"

于是弗朗兹有了主意,知道究竟他该送什么礼物给妈妈了。

第二天,弗朗兹从堆放杂物的小房间里,翻出了那顶巨大的墨西哥宽边草帽。这是妈妈从前度假时戴过的。不过妈妈现在已经不喜欢它了,因为帽子上有了许多小洞,帽边也散开了。

弗朗兹偷偷地把帽子带回了自己的房间。然后他花了两天的时间,去收集做母亲节帽子的材料。

他找到了不少的好玩意:游艺场打靶赢的玫瑰,有红色的、白色的,还有蓝色的;糖果盒上用缎带打的蝴蝶结;衬裙上的镶边;一块做窗帘剩下的带网眼的布料;一块格子的绸围巾。还有佳碧送给他的最棒的羚羊毛,一小把野鸡的羽毛,一大堆扎辫子的蝴蝶结和一大把塑料花。

整整三天,弗朗兹躲在他的房间里制作母亲节帽子。他锁上了房间的门,用掉了四管胶水、两盘隔离胶带,缝帽子的时候,他的手指肯定被针尖扎了上百次。但是就在母亲节的前一天晚上,九点钟的时候,他的帽子完工了。这简直就是一个帽子的杰作!谁也不可能看出旧帽子的一点儿踪影来。帽檐的上边缀满了打靶赢的玫瑰,帽檐的下边缝上了那块网眼窗帘布。还有扎辫子的蝴蝶结,还有衬裙的镶边。在帽子的顶上粘着塑料花和羚羊毛,帽子的后面拖着野鸡翎和从糖果盒上取下的蝴蝶结。

弗朗兹取出贴着太姥姥和老姑奶奶照片的相册,他比较着相片上的帽子和他自己的杰作。他觉得很是骄傲。他的帽子比照片上的漂亮多了!

母亲节的早上,弗朗兹早早就醒了。他抓起帽子,跑进了爸爸妈妈睡觉的房间。这会儿,爸爸妈妈还没睡醒呢。

"母亲节快乐!"弗朗兹大喊了一声。妈妈在床上翻了个身,嘴里嘟囔着:"谢谢,弗朗兹。"然后就拉过被子蒙住了自己的脑袋。

"你看看我的礼物哇!"弗朗兹朝妈妈嚷嚷了起来。他使劲去拉被子,把帽子伸到了妈妈的眼前。妈妈眯缝着眼睛,从被子里探出头来。她打着哈欠问:

"这是个什么漂亮玩意儿啊?"

"当然是顶帽子啦!"弗朗兹骄傲地大声说。

妈妈瞪圆了眼睛。弗朗兹心里想：谁都能看出她有多高兴！

他迫不及待地催着妈妈："快起来！来呀！来试试你的帽子！"妈妈从床上爬起来，坐到了梳妆台前的小凳上。弗朗兹为她戴上了帽子。

"你戴上帽子多漂亮！"弗朗兹赞叹道。

妈妈仔细看着镜子里的自己，一句话也没说。

弗朗兹想：她高兴得连话都说不出来了！这个惊喜让她变成了哑巴。

可紧接着弗朗兹也说不出话了。

爸爸这时候也醒了,他就坐在床上笑起来,他笑的声音好大。房间的门口站着约瑟夫,他也在笑,笑得好响。这两个,爸爸和约瑟夫指着妈妈怪叫着:"你头上戴的是什么玩意儿啊?"

爸爸在床上笑得直打滚。约瑟夫在门口笑得跳着脚。爸爸抱着肚子还哧哧地笑着说:"我笑得全身都疼了!"约瑟夫也抱着肚子还哧哧地笑着说:"我笑得都快尿裤子了。"

这下弗朗兹生气了,他从妈妈头上一把拽下帽子,掉头跑进了自己的房间。一进门,他就把帽子扔到了床底下。他一头扑到床上哭起来。他哭得那么伤心,整个床都摇晃起来。他哭哇哭哇,一直哭到他的五脏六腑都干了,连一滴眼泪也流不出来了。

即使这样他还是一直抽泣着。等到他抽噎得气都喘不上来了,人也没劲了,这时妈妈走了进来。

"弗朗兹,"妈妈对他说,"别难过了。这顶帽子棒极了!真的!他们俩根本就不懂什么叫帽子!"

"你净哄我,我才不信呢。"弗朗兹尖着嗓子说。

"绝对没有,我保证!"妈妈说,"你送我的这顶帽子,是世界上最漂亮的帽子!"妈妈举起右手,伸直了食指和中指,做出发誓的姿态郑重地说:"我发誓,真是这样的!"

"以你的眼睛担保?"弗朗兹的嗓音还是又尖又细。

"以我的眼睛担保!"妈妈说。

弗朗兹瞪大了眼睛仔细看了又看,想看清楚妈妈的两根手指是不是交叉的,要是那样的话,她发的誓就不算数。可妈妈发誓的两根手指伸得直直的,一点儿都不含糊。于是,弗朗兹快乐起来,快乐得整个上午都唱着歌。

甚至吃午饭的时候,他都没法停下来不唱,尽管用塞满东西的嘴巴来唱歌,实在不是件轻松的事情。

吃完了午饭,妈妈说:"来吧,现在咱们一起出去走走!"

妈妈穿上了新衣服,爸爸麻利地套上了皮夹克,约瑟夫也穿上了粗呢短上衣。

"弗朗兹,快点儿!我们都好了,就等你呢!"妈妈喊道。

弗朗兹从他的房间跑出来,他的手里拿着那顶母亲节帽子。"妈妈,别忘了你的帽子。"他提醒妈妈说。

"我觉得外面风太大了,会把帽子吹坏的。"妈妈说。

"没问题,什么风也吹不坏我的帽子。"弗朗兹坚持说。

"可这是夏天戴的帽子啊。"妈妈说。

"外面有太阳,今天就跟夏天一样一样的。"弗朗兹说。

"可这顶帽子更适合过节的时候戴。"妈妈还在找理由。

"母亲节就是节日。"弗朗兹一点儿都不动摇。

妈妈只好把帽子戴到了头上。

"别!"爸爸叫了起来。

"别!"约瑟夫也叫了起来。

"就这样!"妈妈说。

爸爸脱下了皮夹克。"我肚子疼,"他说,"我还是待在家里吧!"

约瑟夫也脱下了短上衣。"我头疼,"他说,"我还是待在家里吧!"

于是,妈妈和弗朗兹一起出去散步。街上所有的人都盯着妈妈的帽子看。有些人甚至差点儿绊倒在地上,因为他们只顾扭头去看妈妈,惊讶得都忘了把脚抬高。

"他们都在赞美你的帽子。"弗朗兹对妈妈说。

妈妈的脸因为快乐,因为得到如此多的赞赏而变红了。

可惜,他们散步的时间不长。妈妈突然觉得右脚很疼。"弗朗兹,"她对儿子说,"我的鞋子太小了,有点儿挤脚后跟。我肯定已经磨出了泡,一个好大的泡!"

弗朗兹和妈妈就回家了。妈妈走得很快,弗朗兹觉得很奇怪,怎么一个人脚上磨起了泡,还能走这么快。

到了家里,弗朗兹仔细看了看妈妈的脚后跟,一个泡也没看见。不过有时就算是表面看不见什么,也会很疼的。

从那以后,妈妈就再没戴过母亲节帽子。她说,她得先买一条配得上这顶帽子的裙子,一条特别特别特别漂亮的裙子,可是一般来说这样的裙子都好贵好贵。妈妈说,她得攒好长时间的钱,才能买得起这样一条特别漂亮的裙子。于是现在弗朗兹就开始考虑,他能不能在妈妈过生日的时候,为她攒一条裙子。

弗朗兹是怎么学习认字的

弗朗兹现在六岁零六个月了,对于这个年龄的孩子来说,他长得确实很矮小。他有着一对矢车菊一样蓝的大眼睛,一张樱桃一样红的小嘴巴,他还有着胖嘟嘟的红脸蛋。不过现在他的头上没有头发,当然他可不是个小光头,那是因为每个星期,弗朗兹都让爸爸用剃须刀给他剃两次头。

从前的时候,也就是说弗朗兹的头还没有剃光的时候,好多人都把他当成了小姑娘,以为他是个长着一头金色卷发的小女孩。这实在让弗朗兹很烦恼。

这可不是说弗朗兹受不了女孩,隔壁邻居家的女孩佳碧他就很喜欢。弗朗兹喜欢佳碧甚至超过了任何一个他认识的男孩。

弗朗兹的妈妈对他剃掉了那头金色的卷发很是遗憾。她常常对弗朗兹说:"长着卷发的弗朗兹可漂亮多了!"

但弗朗兹宁可自己不那么漂亮,却更像一个男孩。佳碧觉得这一点实在不可理解。

"其实这也没什么呀,"她对弗朗兹说,"就算卖菜大妈把你看成是我妹妹,又能怎么样呢?"

"不行!这太让我受刺激了!我可受不了!"弗朗兹愤愤地说。

"要是卖菜大妈把我看成是你哥哥,我高兴还来不及呢。"佳碧说,"那多好玩儿啊!"

"那可不一样。"弗朗兹说。

"为什么?有什么不一样的?"佳碧不明白地问。

弗朗兹没有回答佳碧的这个问题。

弗朗兹一直觉得,做男孩比做女孩好。所以要是别人把一个女孩看成男孩,她当然会觉得高兴;可要是一个男孩被人看成了女孩,他肯定伤心生气得不得了。

当然,要是佳碧知道了这些,她也不会接受的。她肯定得在弗朗兹的脑门上凿几个炒栗子,然后骂他:"你这个傻瓜,笨蛋!你莫名其妙!"那弗朗兹就得回敬她:"你才是傻瓜笨蛋呢!"这样的话,佳碧就会来拧弗朗兹的肚子,那弗朗兹就得踹她一脚才行。于是两个人之间肯定得爆发一场真正的战争。那可一点儿不好玩。

弗朗兹和佳碧反正每星期得吵上两架。弗朗兹想,每星期吵两架就是最好的朋友也会吵散。所以,最好能省着点儿吵,弗朗兹这么认为。

有一次,夏天的时候,佳碧和弗朗兹一起去公园。公园就在他们的房子对面,他们想去儿童游乐场,去秋千架那里荡秋千,还想沿着攀爬塔爬上去。

可秋千架上没有了坐板,攀爬塔根本就没了影子。

在球场的铁丝网上,挂着一个白色的牌子,上面写着黑色的字母。

"那上面有三个 a。"弗朗兹说。

"还有九个 e。"佳碧说。

"第一个字母是大写的 W。"弗朗兹说。

"最后一个是 t。"佳碧说。然后她还说:"要是现在已经是圣诞节了就好了,那我们就能认识字了!"她掰着手指头数:"九月、十月、十一月、十二月!"然后她点着头说:"上了四个月学以后,我们肯定认识这些字了。"

说完佳碧就跑到沙坑旁玩沙子去了。弗朗兹却没跟她一起去沙坑。他走到了一个靠着铁丝网站在牌子旁的大男生面前。他问那个男生:"请问,那牌子上写的是什么?"

大男生把牌子上的字读给他听:"游乐场里的器械将重新油漆,敬请大家理解。"

"多谢!"弗朗兹对男生说,然后他把手插在裤子兜里,嘴里吹着口哨,走到了沙坑旁。他在沙坑的栏板上坐了下来。

"嗨，佳碧，"他冲她大声说，"我现在就认识那些字了！"

"你根本不认识。"佳碧说。

"我认识!"弗朗兹肯定地说,"那个牌子上写着,秋千和攀爬塔都送去刷油漆了,我们得对此表示理解。"

"那也不是你自己读出来的,是你问出来的。"佳碧不相信地说。

"才不是呢,真的不是问出来的! 我就是能自己读!"弗朗兹冲佳碧喊道。

"你这个谎话坏,小笨蛋!"佳碧也叫唤起来。

弗朗兹正想再回敬佳碧几句厉害的,可他发现自己的嗓子马上就快发不出声音来了。

这是弗朗兹的一个老毛病了!只要他一紧张激动,他的声音就会拔高,变得又尖又细,还哆里哆嗦的。对此他一点儿办法都没有!

他唯一能做的是等待,等那股激动劲儿自己过去。

于是弗朗兹只好转过身去,用后脊梁对着佳碧,眼睛朝球场那边望过去。

那个大男生还靠着铁丝网站在那里。现在他身边又来了一个男生。第二个男生用胳膊夹着一个足球,一个真正的皮子做的足球!

弗朗兹想:要是我再大一点儿的话,我就能问那两个男生,我们可不可以三个人一起踢足球!然后我们就能来一场超级比赛!然后我们就能去小卖铺买一个冰激凌!再然后我们就成了好朋友!那佳碧就会明白,她不该随便骂我什么"笨蛋谎话坏"之类的了!

就这样,弗朗兹心里琢磨着,对那两个男生来说,没准自己已经足够大了。跟他们相比,他绝对不会矮出一个头去。而且有些大男孩就是挺随和的,他们也跟小一点儿的男孩子一起玩!

弗朗兹这么想着,准备站起身来,朝那两个男生走过去。正在这时候,佳碧把一只手放在了他的肩膀上。

"嗨,你这个吹牛大王!"她冲弗朗兹说,同时另一只手把一张纸条塞到他鼻子底下。那是一张揉得皱巴巴的脏兮兮的纸条,在没有弄脏的地方,能看出粉红色的纸上有黑色的字母。

"好哇,你现在读读看,上面写了些什么!"佳碧对弗朗兹提出了要求。她的身边还站着一个大女生。

佳碧指着她对弗朗兹说:"她读书可是一流的!秋天她就要上三年级了!"

"我现在没兴趣读这玩意儿。"弗朗兹声音尖细哆嗦地说。

佳碧大笑起来,那个大女生也笑起来。她们一起冲弗朗兹"咯咯"怪笑着。

弗朗兹从地上跳了起来,冲佳碧和那个女生做了个鬼脸,他把舌头吐出老长,然后就跑回了家。

弗朗兹家里只有丽莉一个人在。弗朗兹的爸爸上班去了,妈妈也上班去了。弗朗兹的哥哥约瑟夫在他的朋友奥托家。

丽莉是个大学生。每到放暑假的时候,弗朗兹的妈妈就会请丽莉来家里工作。因为夏天弗朗兹的幼儿园要放假,而弗朗兹又不能一个人待在家里,哥哥约瑟夫也不肯照看他。

丽莉刚把房门打开,弗朗兹就跑进来,嗓子哑哑地喊着:"丽莉,丽莉,你得马上快快地学我读书!"

"你应该说,教我读书。"丽莉纠正他说。

"就是那个意思,"弗朗兹声音尖细地说,"我得快快地教读书。"

"你该说,我学读书。"丽莉又纠正他,"我教,你学。"

"我就是这个意思。"弗朗兹尖着嗓子说。他一阵风似的跑进了自己的房间。等他再出来的时候,手里捧着高高的一大摞书。他捧着书跑进了厨房,把这些书都堆在了饭桌上。

他的声音还是又尖又细哆里哆嗦的:"到中午,我必须得会读所有的书!"

"这是不可能的,小家伙。"丽莉说。

丽莉总是管弗朗兹叫"小家伙",弗朗兹不在意,因为她也经常管约瑟夫叫"小家伙",约瑟夫跟同年龄的孩子比起来,可一点儿也不矮。

"那就到今天晚上。"弗朗兹哑哑地说。

"那也不可能,小家伙。"丽莉说。接着她还说:"而且我也一点儿概念都没有,我该怎么教你读书。我可不是老师啊。"

弗朗兹明白了，这事的确是不可能的。开始他觉得很难过，不过马上他就有了一个好主意。这个主意简直太棒了，以至于他的声音也立刻就恢复了正常，不再又尖又细哆里哆嗦的了。弗朗兹从桌上的书堆里找出了那本关于农庄的图画书。书里的每一页上都有一张画，画的下面有两行字。第一页上有一只大肥猪，下面写着：

可怜的猪哇，我好为你遗憾，
你活在世上已经没有几天！

Armes Schwein, du tust mir Leid,
du lebst ja nur noch kurze Zeit.

这几句话弗朗兹都知道！这本书妈妈给他读过好多遍了。

第二页上有一头牛。下面写着：

这头牛,叫丽丽,
啃掉了一片绿草地,
美美晚餐心欢喜。

就是这几行,弗朗兹也都记得滚瓜烂熟。

他把这本关于农庄的图画书从头翻到尾,边翻边不断地点头,然后他把书塞到丽莉手里说:"你来考我吧!"（约瑟夫拿着生词本去找妈妈的时候,也总是这么说。）

然后,弗朗兹就开始,一行接一行地背下去,从第一页,直到最后一页。

"完全正确！小家伙。"丽莉惊讶地说。

"但是这还不够。"弗朗兹说。

"为什么还不够哇?"丽莉问他。

"这是秘密。"弗朗兹回答。

丽莉坐回到餐桌旁,继续削她的胡萝卜。她在给弗朗兹准备午饭。

弗朗兹又从书堆中翻出另一本带字的图画书。他把书推到丽莉面前。

"请给我读一百遍。"他说。

"你犯什么毛病了吧。"丽莉奇怪地说。

"也许二十遍就够了。"弗朗兹想了想说。

"三遍都太多了。"丽莉不愿意。

于是,弗朗兹就解释给她听,说自己必须得把图画书上的字都背下来,可就听一遍他可记不住。

丽莉终于明白了。她从约瑟夫那里拿来了录音机,往里面放了一盘磁带,然后对着录音机把那本书大声朗读了一遍。读完了,她又教弗朗兹怎么去按"开始"键和"返回"键。

这样,弗朗兹就开始学读书,他按一下"开始",仔细地一边听,一边跟着小声念,然后他就按"返回",等着磁带转回去,再按"开始",然后认真听,小声地跟着读;然后再按"返回",等着,再按"开始",接着听,并跟着读……

直到丽莉受不了了,她大声对弗朗兹说:"小家伙,别念了,你念得我直打激灵!我的耳朵都听出老茧了,这些字都刻在我脑子里了!"

听了她的话,弗朗兹抱着录音机跑回自己的房间。

到了喝咖啡的时候,他让丽莉再来考他。

"小家伙,课文记得百分百正确,很不错。"丽莉表扬他说。

然后弗朗兹又让她朗读了第三本带字的图画书,把她的声音录在磁带上。一录完,他就抱着录音机跑回房间去了。

等妈妈和爸爸下班回到家里,约瑟夫也从奥托家回来了,弗朗兹却还待在自己的房间里。在他房间的门上挂着一个牌子,上面写着:请勿打扰!

"他在背他的图画书。"丽莉告诉大家。

"为什么?"爸爸妈妈都搞不明白。(对于弗朗兹为什么做一件事,约瑟夫反正从来也不感兴趣。)

"秘密!"丽莉说。

吃晚饭的时候,弗朗兹从房间里出来了,胳膊下夹着那三本图画书。

这回得妈妈来考问他了,因为丽莉已经回家去了。

弗朗兹现在已经把书上所有的字都记在了脑子里,农庄的故事他记住了,十个小黑人的故事他也记得牢牢的,连小老鼠过生日的书,他都背得滚瓜烂熟了。

"任务完成得很不错,弗朗兹。"妈妈表扬他。

"那我现在就去佳碧家。"弗朗兹说。

"现在去可太晚了。"爸爸表示反对,"吃过晚饭就不应该再去别人家了。"

"可我现在就得去!"弗朗兹喊了起来。

"你不用现在非去不可!"爸爸也喊了起来。

"就得去,"弗朗兹的声音更响了,"要是等到明天早上,我就把那些该死的句子又忘了!"

"弗朗兹!"爸爸生气了,"你怎么说话呢?你不脸红吗?"

"弗朗兹这都是跟你学的。"妈妈也参与了进来。

"他才不是跟我学的呢。"爸爸对妈妈说。

"就是。"约瑟夫说,"昨天,你在找汽车钥匙的时候,也说过'该死的钥匙'!还说了三遍!"

"没错!"妈妈表示支持约瑟夫。

"你别来瞎掺和!"爸爸冲约瑟夫吼叫着警告。

"我说出自己心里想什么,这总可以吧。"约瑟夫一点儿都不甘示弱。

"没错!"妈妈接着说。

弗朗兹从椅子上滑了下来,拿起他的图画书,偷偷地溜出了客厅。当他悄没声息地打开房门的时候,正听见爸爸的吼声:"就算有那么一次,从我嘴里不小心溜出了这个词儿,那你们也没理由跟着学呀!"

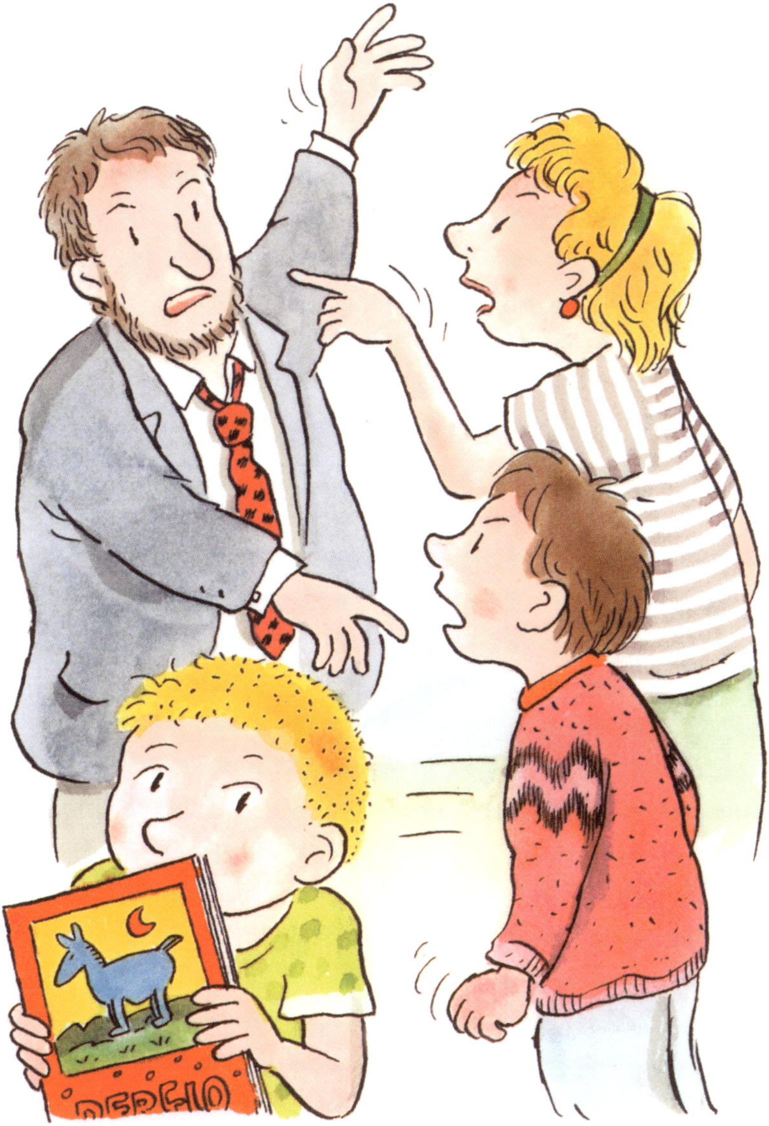

当弗朗兹把门小心翼翼地轻轻关上的时候,他刚好听到妈妈的喊声:"噢,是这样的!你倒成了个例外!可实际上,你该是孩子们的榜样才对呀!"

这下可乱了套了,弗朗兹心里想。只要到了这个地步,那我们家就会有一场晚饭后的大辩论了。

弗朗兹没去理会家里的大辩论,而是按响了佳碧家的门铃。佳碧妈妈打开了房门。

"事情很重要,"弗朗兹对她解释说,"所以我才这么晚来敲门!"

"佳碧现在正坐在泡沫里呢。"佳碧妈妈说。

弗朗兹走进了佳碧家的浴室,浴缸里耸起了一座巨大的泡沫山,佳碧的小脑袋从山的尖尖上冒了出来。

"因为你不相信我能认字,"弗朗兹对佳碧说,他坐在了装脏衣服的筐子盖上,打开了讲农庄故事的那本图画书,"所以我现在来读给你听!"

"妈妈,快来!"佳碧大声喊着,"他又在撒谎了!"

佳碧妈妈走进了浴室,她对佳碧说:"请你自己去解决这个问题好不好?"

"不行!"佳碧嚷嚷着,"我又不认识字,怎么知道他念得对不对。你得在边上看着,看他是不是真的认识!"

就这样,佳碧妈妈站在弗朗兹的身旁,看着他开始读书。弗朗兹读得很狡猾,他不是把那些短小的诗句从头到尾很快地背诵一遍,而是做出吃力的样子,一字一句,吭吭哧哧地读着。"可怜的猪哇"这一句,他是这么读的:"可……怜的……的猪……哇。""这头牛,叫丽丽"那一句,他是这么读的:"那……那……头牛,叫……噢丽……丽。"

等到弗朗兹把第三本图画书合上的时候,佳碧妈妈对佳碧说:"他没撒谎,他认识字,真的!"

"本来就是!"弗朗兹得意地说。他把图画书夹在胳膊底下,从装脏衣服的筐子上跳了下来。

浴缸里的泡沫大山已经明显地变小了,这时,佳碧的上半身都露在了山的外面。

"现在还生我气吗?"佳碧问,"因为我不相信你来着。"

"一点儿都没有。"弗朗兹十分大度地回答说,"不过现在我得回家去了。"

"明天见,亲爱的弗朗兹。"佳碧冲着他的背影喊着。

从那以后,弗朗兹老是得给佳碧念他们看到的字。大街上和公园里的各种标牌呀,图画书哇,还有广告彩页呀,各种盒子和罐子上的商标哇,甚至连大楼门厅里黑板上的通告,他都得读给佳碧听。

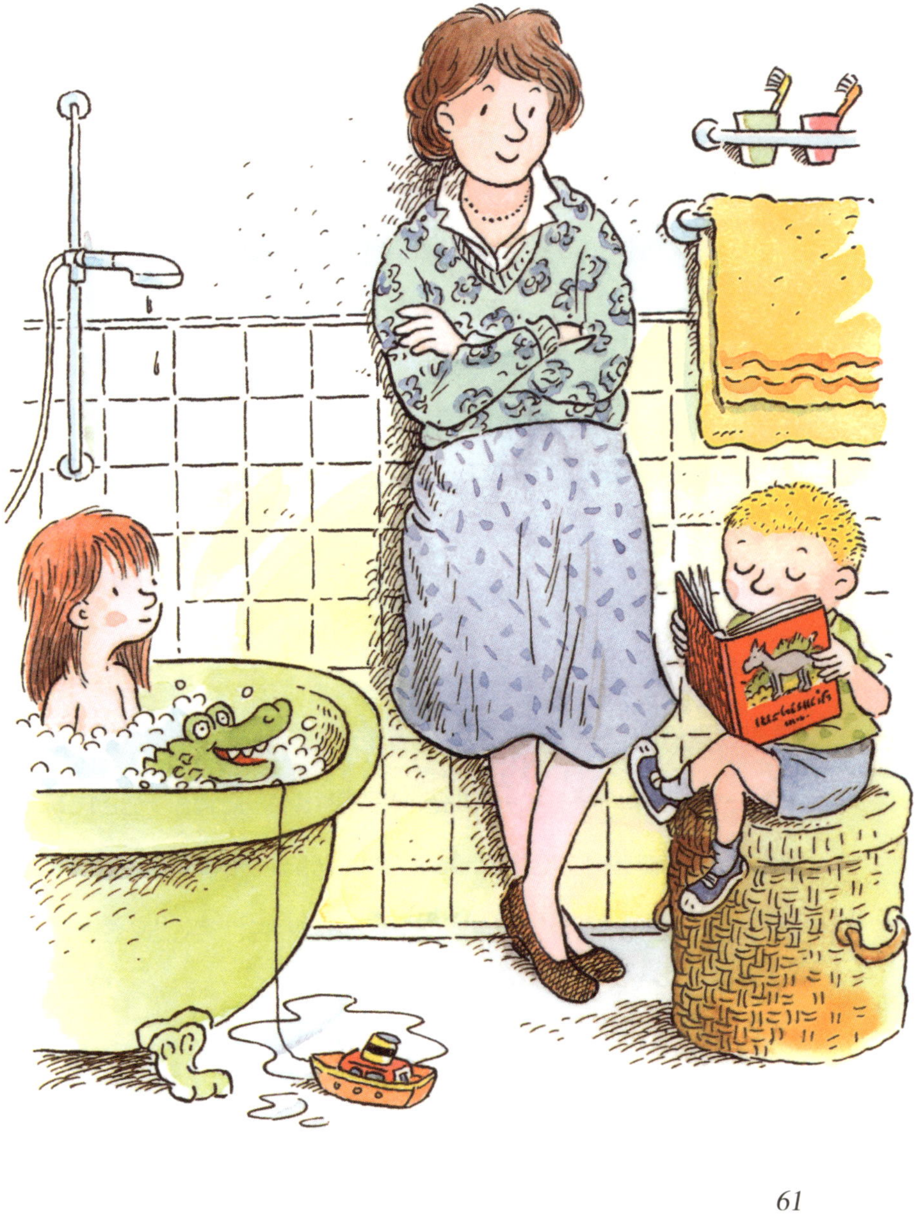

还有报纸的标题。

弗朗兹很乐于这么做,只要身旁没有真正识字的人,做起来也不是什么很难的事情。不管佳碧指给他什么,看着那些字母,弗朗兹总能找出词儿来!只是快到秋天了,在他们要开始上学之前,弗朗兹觉得有点担心。他已经给佳碧读过了小学一年级的课本,从第一页,一直读到了最后一页。

而弗朗兹并不确定,他看着那一行行字母编出来的故事,跟课本上写的,是不是同一个故事。

弗朗兹为什么会肚子痛

弗朗兹今年七岁,已经上一年级了。他是全年级个子最矮的学生,不论是一(1)班还是一(2)班,包括一(3)班,只有一个孩子比弗朗兹还要矮点儿。

弗朗兹对此感到十分烦恼。不过,自从爸爸每周给弗朗兹推两次光头之后,至少不会再有人把他看成女孩子了。这样的事从前经常发生,弗朗兹不仅对此感到烦恼,他甚至大为光火,心里很是难过。

弗朗兹家有爸爸妈妈和哥哥约瑟夫,他还有一个好朋友佳碧。佳碧家就住在弗朗兹家的隔壁。她今年也是七岁,也已经上一年级了。不过她上的是一(1)班,而弗朗兹必须得上一(2)班。

上学前弗朗兹一直以为,自己将来的什么时候在学校里,肯定能跟佳碧坐在一张课桌上。就在他和妈妈一起去学校报到的那天,他还特别告诉校长说:"我就想跟佳碧·格鲁博上一个班。"

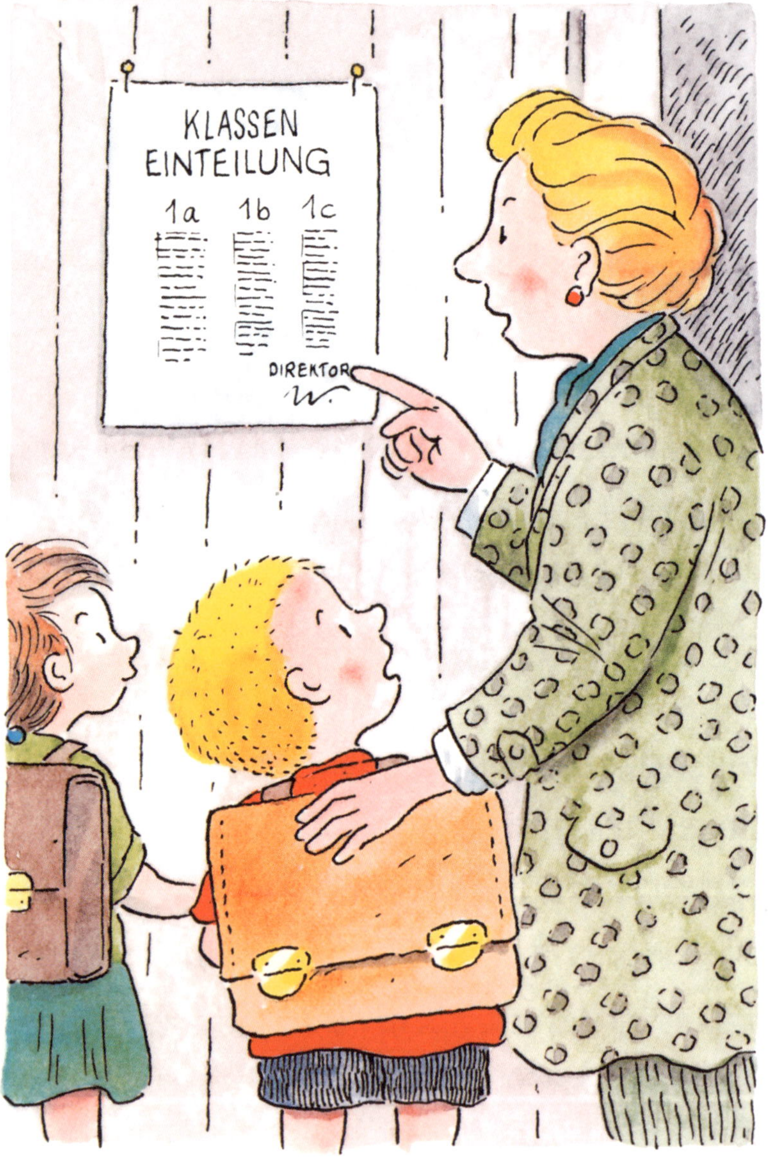
KLASSEN
EINTEILUNG
1a
1b
1c
DIREKTOR

"会的,弗朗兹。"女校长点着头答应了弗朗兹。可是到了开学的第一天,学校大门上贴出了一张大大的名单,上面写着哪些孩子该上哪个班级。在一(1)班的名单里有佳碧·格鲁博的名字,而弗朗兹·弗吕斯特的名字却写在一(2)班的名单里。

"这事儿一定是搞错了。"妈妈对弗朗兹说,"走,我们去找女校长。"

那会儿,弗朗兹正跟佳碧吵翻了,所以他坚决地说:"不！我本来就不想跟佳碧在一起！"

"弗朗兹，你这么做会后悔的。"妈妈警告他说。可弗朗兹坚持不肯改变主意："我这辈子也不会再理她了。"他说完就扭头跑进了一（2）班的教室。

三天之后，弗朗兹与佳碧又和好如初了。弗朗兹觉得自己很是倒霉，因为他没能跟佳碧上一个班。

"妈妈，想个办法再改过来吧。"他央告着妈妈。

可这会儿妈妈对此也只能摇摇头，"现在太晚了，"她对弗朗兹说，"你该在上学的第一天好好想清楚的，弗朗兹。"

除此之外,弗朗兹在学校里还有不少其他的麻烦。老师讲的课对他来说太慢了,他在学校都坐了四个星期了,可还是不能正确地写字。

他必须不断地一行又一行地画着那些大大小小的圈圈,还有长长短短的道道。纸上的字迹高高低低起起伏伏的,让弗朗兹觉得很无聊。老师从来就没对弗朗兹画的这些圈圈道道和高低起伏的条条感到满意过。

"马马虎虎,邋里邋遢的。"每次他看着弗朗兹的本子时都这么说。而当他看到弗朗兹的时候,也总是说:"别挖鼻子。"

可弗朗兹却喜欢用左手的食指去挖右边的鼻孔。

弗朗兹也一点儿都不喜欢这个老师!

"他连话都说不清楚。"弗朗兹向爸爸抱怨老师说。

弗朗兹的老师说话确实有点儿特别,他说的句子都非常短促。

"坐下。"老师说。

"起立。"他说。

"闭嘴。"他说。

"打开作业。"他说。

"拿出课本。"他说。

别人这样对他说话,弗朗兹觉得很别扭。

"孩子们,坐下吧。"要是老师这么说,他就觉得好些了。

"孩子们乖,请站起来好吗?"这样的话,弗朗兹听着觉得更顺耳。

"要是你们能安静一些的话,那就太好了。"弗朗兹觉得这话听起来更友好。

"现在,我们要在本子上写点儿作业了。"这话让弗朗兹觉得更有建设性。

（坐下！闭嘴！拿出课本！）

"你们有兴趣读点儿书吗?"弗朗兹觉得这话更礼貌。

"你们老师是个利索人,干事喊里喀喳的。"爸爸对弗朗兹说。

爸爸用的这个词儿很中弗朗兹的意。以后,他一说到自己的老师,总是说"那个'喊里喀喳'"。

有一天,弗朗兹去看他的奶奶。奶奶住在老人院里。每个星期天他都去老人院看奶奶。这个星期天阳光灿烂,奶奶对弗朗兹说:"我们去花园走走吧,去那个小咖啡馆坐坐。"

小咖啡馆坐落在老人院花园的中央,天气好有太阳的时候,咖啡馆门前会摆上三张桌子,每张桌子旁有四把椅子。

弗朗兹和奶奶坐到了其中的一张桌子旁。奶奶向服务员要了一杯覆盆子汽水给弗朗兹,给自己要了一杯咖啡。(其实奶奶根本就不该喝咖啡,是因为血压的问题,她的血压太高了。)奶奶还要了两份巧克力蛋糕。(其实奶奶根本也不该吃蛋糕的,也是因为血压的问题,她的血压太高了。)

弗朗兹喝着汽水,吃着蛋糕,跟奶奶讲着自己知道的各种新鲜事儿。

他告诉奶奶说,妈妈的头发新染了另一种颜色;他还告诉奶奶说,爸爸刚跟管房子的人吵了一架;还有,约瑟夫最近跟他的死党奥托都"爱上"了同一个姑娘;连伯格太太又是非常不公平,也很凶恶地骂了他,他都告诉了奶奶;他还向奶奶讲了自己在学校的烦心事儿,

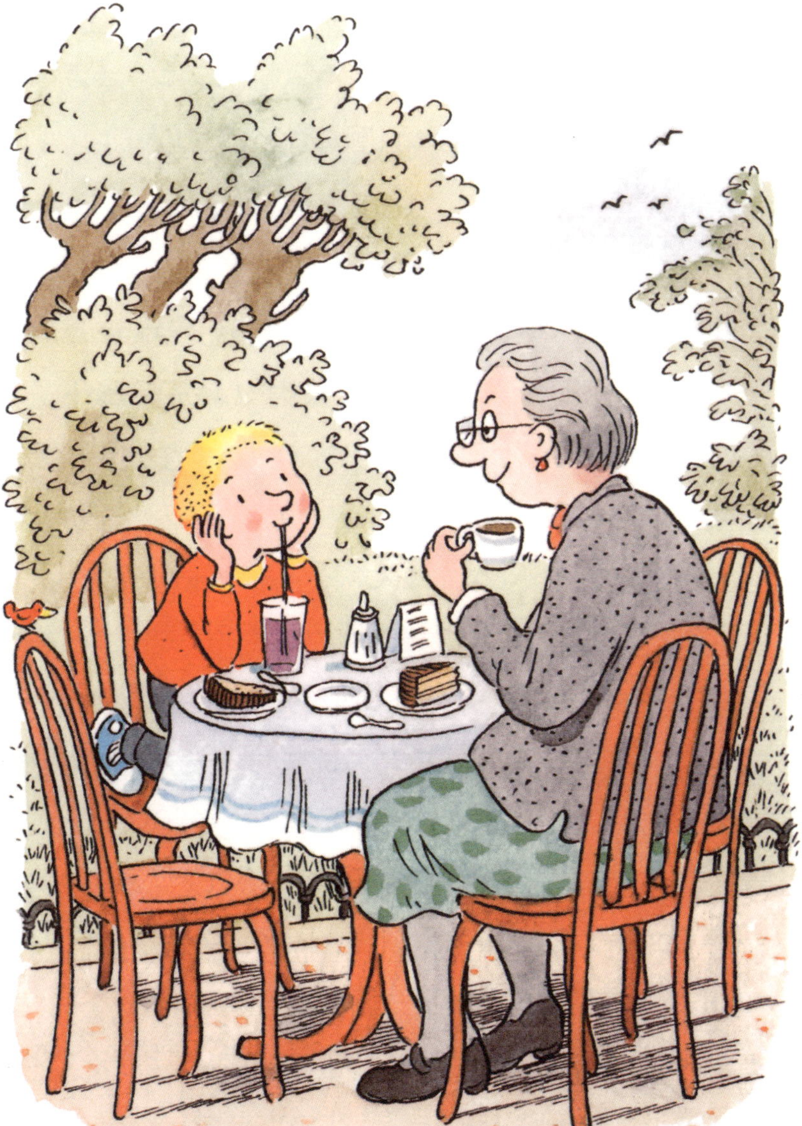

尤其是那个不友好的"喊里喀喳"老师。

就在他向奶奶表演那个"喊里喀喳"老师是怎么说话的时候,他的背后突然响起了一个男人的声音:"请问,这两个座位有人坐吗?"

"没人。"奶奶回答说。

弗朗兹转过身来,在他的背后站着的正是喊里喀喳老师,他的身旁还有一个老太太。弗朗兹吓了一大跳。

"你好,弗朗兹。"老师跟弗朗兹打了个招呼,坐了下来。

老太太也坐了下来。

"你们认识我的孙子?"奶奶好奇地问。

"我是他的老师。"老师回答说。

"很高兴认识您,喊里喀喳老师。"奶奶说。

奶奶怎么可能知道,老师其实姓斯沃巴达呢?

弗朗兹在她面前可一直都叫老师喊里喀喳的。

"能在这儿碰到您,真是太好了。"奶奶继续跟老师聊着,"您知道,喊里喀喳老师……"

弗朗兹再也听不下去了,他抓起盘子里剩下的蛋糕,飞快地逃离了桌子。他的脸变得通红。他沿着石子路一通猛跑,然后躲进了丁香树丛。

从丁香树丛后面,弗朗兹查看着咖啡馆那边的情形。只见奶奶对着喊里喀喳老师滔滔不绝地唠叨着,她的嘴唇不停地张开又合上,合上又张开。

奶奶说个没完,根本就不让老师有机会开口。弗朗兹对此一点儿都不觉得惊讶,只要奶奶一开讲,别人就别想插进嘴去。平常的话,弗朗兹也不觉得有什么不对劲儿的,因为他认为奶奶所说的话,一般情况下都是很清醒的,尽管她对人从来都不是特别的客气礼貌。因此她已经得罪了不少的人。

弗朗兹觉得,得罪喊里喀喳先生可不是什么明智的事。

"亲爱的上帝呀,"他嘴里嘟囔着,"千万别让奶奶再胡说八道了!"

"万能的耶稣哇,"他嘴里嘟囔着,"保佑奶奶别再忘乎所以了!"

"圣母玛丽亚啊,"他嘴里嘟囔着,"让奶奶一定客气礼貌些!"

除了祈祷,弗朗兹对于眼前事情的发展,实在是没有什么更好的办法了。

弗朗兹在丁香树丛后面几乎蹲了半个小时。最后,老师先生终于站起了身,那个老太太也站了起来。

他们跟奶奶握手道别之后,沿着石子路向弗朗兹藏身的树丛走过来。

"可她说的的确有道理。"弗朗兹听到老太太这么说,"你发指令的声音确实是闻所未闻!"

在丁香树丛前,老太太停下了脚步,她对儿子大声说:"甚至对我,儿子,甚至对你的妈妈,你也都总是用命令的口气说话!"

老太太继续向前走去,老师急忙跟了上去。"可是,妈妈……"弗朗兹又听到他说。

后来,有只狗大声叫了起来,再后来老师和他的妈妈就从小路的拐弯处消失了。

弗朗兹从树丛后面爬了出来,急忙跑到奶奶那里。奶奶看起来十分得意。

"你到底都跟他说了些什么?"弗朗兹嗓音颤抖嘶哑地问奶奶。只要弗朗兹一激动,他的嗓音就会变得又尖又细还哆里哆嗦的。

"我对他讲出了事实真相。"奶奶满意地大声说。

"什么事实真相?"弗朗兹的声音还是又尖又细。

"事实真相只有一个。"奶奶的声音还是那么响,

"另外,他根本就不姓喊里喀喳,他姓斯沃巴达。不过要说呢,这名字也是傻乎乎的!"奶奶的脸上挂着笑容。

"赶紧告诉我那个事实真相吧。"弗朗兹哑着嗓子,有些不耐烦地问奶奶。

"我告诉他,他说话不该那么喊里喀喳的。"奶奶说,"我还向他解释说,小孩子可不是士兵,而一个老师也不是五星上将。"奶奶说着,满怀期待地看着弗朗兹:"这些都是你想说的话,对不对?"

"对是对,"弗朗兹犹犹豫豫地说,"可是这话,对老师可不能就这么随随便便地说出来呀。"

"为什么不能呢?"奶奶不明白地问。

"就是这样的。"弗朗兹说,他实在没法向奶奶做出更多的解释了。

"那你听着,"奶奶对弗朗兹大声说,"这个喊里喀喳先生是个没有经验的、有些傲慢无礼的年轻人,而我,是个生活阅历丰富的老夫人。他该对我表示感谢,因为我告诉了他事实的真相。"

"那是当然了。"弗朗兹嘟囔着。

弗朗兹知道,不应该跟奶奶顶嘴,否则的话,她就会激动起来。而情绪激动比咖啡更能刺激她的血压,有害于她的健康。

第二天早上,弗朗兹的肚子疼了起来,是真的肚子痛。小肚子疼得像有刀子在割,肠胃里还叽里咕噜响个不停。

"我是因为害怕才肚子痛的。"弗朗兹告诉妈妈说。

"是因为奶奶和喊里喀喳老师吗?"妈妈问。

弗朗兹点了点头。

"要我跟你一起去学校,跟喊里喀喳老师谈谈吗?"妈妈又问弗朗兹。弗朗兹摇了摇头。

首先,要是妈妈跟他一起去学校的话,那她上班就得迟到了。

其次,妈妈也总是坚持"真理"。弗朗兹害怕事情会被妈妈搞得更糟糕——当然她这样做,完全是无心的。

"你是我勇敢的小儿子。"爸爸说,同时双手用力按住了弗朗兹的双肩,他手上的力气如此之大,按得弗朗兹腿肚子直转筋,几乎就要摔到地上去了。

"要是他对你态度恶劣的话,"约瑟夫冲弟弟喊道,"你就提醒他注意,你可不能替你那老糊涂了的奶奶负什么责任。"

"奶奶没有老糊涂。"弗朗兹生气地回敬哥哥说,同时把爸爸的双手从自己肩膀上推开。

"本来是没有!"约瑟夫做了个鬼脸说,"可喊里喀喳又不知道!"

"你们大家说得倒轻巧。"弗朗兹嘴里嘟囔着,把书包背到背上,走出了家门。课间休息时吃的面包,他也忘在了厨房的桌上。谁要是因为害怕而肚子痛的话,才没兴趣碰一碰他的面包呢!

佳碧已经在楼梯口等着弗朗兹了。

"糟糕吗?"她问弗朗兹。

"糟糕极了!"弗朗兹回答说。

佳碧和弗朗兹都闷头不响地向学校走去,不过他们彼此手拉着手。这对弗朗兹来说是个小小的安慰。

81

在一（2）班的门口，佳碧小声对弗朗兹说："加油，祝你好运！"

弗朗兹使劲点了点头，然后走进了自己班的教室。他在自己的课桌旁坐下，整理着上课用的东西。暗地里他偷偷地朝讲台瞟着，打量着喊里喀喳老师。老师正在看报，一直看到八点整钟声敲响的时候，他才放下了报纸。于是所有的孩子都笔直地站了起来。喊里喀喳朝孩子们点了点头，

他看了弗朗兹一眼,随即说道:"亲爱的孩子们,请大家坐下吧。"

"他说了'亲爱的孩子们'。"范迪对依琳娜小声说。

"他今天怎么这么友好哇?"依琳娜对着古斯特的耳朵说。

"没准他买彩票中了头奖了!"古斯特又对着康拉德的耳朵说。

于是喊里喀喳大声喊道:"要是你们能安静一点儿的话,那就太好了!"

等所有的孩子都安静下来之后,他又问道:"那你们现在是想读读书呢,还是想在作业本上写写字呢?"

孩子们表示更愿意读书,于是大家就打开了课本。

只有弗朗兹没有打开自己的课本。他目瞪口呆地坐在那里,直愣愣地看着喊里喀喳。

"弗朗兹,给你的可爱的老祖母带个好。"喊里喀喳对弗朗兹说。

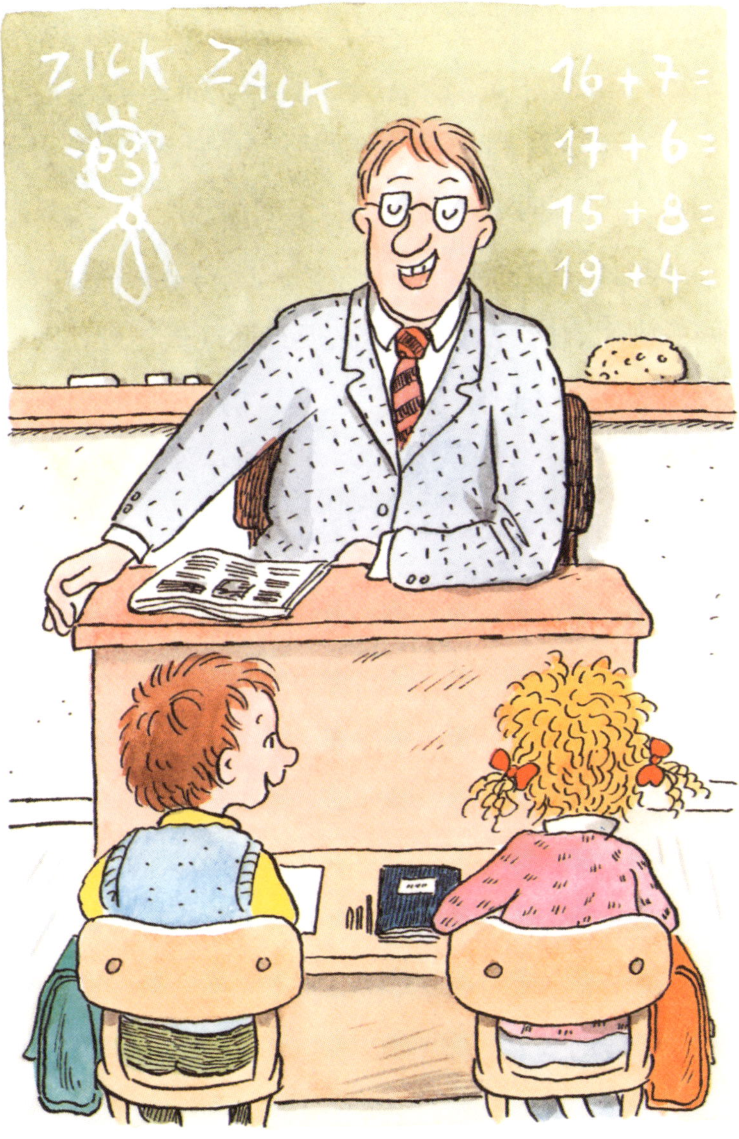
ZICK ZACK
16 + 7 =
17 + 6 =
15 + 8 =
19 + 4 =

于是弗朗兹也站了起来说:"请替我问候您的亲爱的母亲大人!"

然后弗朗兹如释重负地咯咯笑了起来,而喊里喀喳也咯咯笑了两声。

课间休息的时候,其他孩子都想从弗朗兹那知道,他和老师为什么发笑,为什么要彼此问候。可弗朗兹守口如瓶,半句也不肯透露。

(喊里喀喳)

弗朗兹的对头不见了

弗朗兹在班上有个对头,叫艾伯哈德·莫斯特。

弗朗兹从来没冒犯过艾伯哈德,可艾伯哈德却从上学的第一天起,就开始不断地找他的麻烦。

艾伯哈德·莫斯特长得又高又胖,而且很明显,他自己对此非常得意,并且由此得出结论:他可以戏弄个子矮小瘦弱的同学。

"你到学校来干什么?你该去幼儿园才对!"开学的第一天,他就这么对弗朗兹说。开学的第二天,他对弗朗兹说:"走开,别在我眼前挡道。像你这样的小玩意儿,我根本就看不见,没准一脚踩到你身上,就把你踩爆了!"

到了第三天,他干脆把弗朗兹高高举起,让他双脚离地,只好在空中乱踢腾。

第四天,他把弗朗兹课间吃的面包抢走了。

他可不是为了想吃那块面包,这么干只是为了惹弗朗兹生气。

他拿面包在弗朗兹的鼻子尖前晃悠着,冲他嘲讽地喊叫着:"嗨,来呀,来拿你的面包哇,你这个小侏儒!小矬子!"

等弗朗兹伸手去抢他的面包时,艾伯哈德又一下子把手缩了回去,随后再次招引他来抢面包:"嗨,来呀,来拿你的面包哇,你这个小侏儒!小矬子!"

等到弗朗兹觉得这事太无聊了,懒得跟他计较时,就对他说:"拿着我的面包吧,胖子反正更需要饲料。"这会儿艾伯哈德也生气了,他打开合在一起的两片面包,把夹在中间的香肠吃掉,然后把两片沾满黄油的面包拍在了弗朗兹的脸上。一片贴在了他左边的脸蛋上,另一片贴在了右边的脸蛋上。

每天,艾伯哈德都能想出些坏点子来捉弄弗朗兹。

"你去跟喊里喀喳说呀。"佳碧给弗朗兹出主意。不过这主意不合弗朗兹的意,他可不想当个背后告状的小人。

"给他点儿颜色看看,把他打趴下。"爸爸也给弗朗兹出主意。这更不是什么好办法了。因为一个班上个子最小的,怎么可能把个子最大的打趴下呢?

"别理他,就当那傻孩子根本不存在。"妈妈建议弗朗兹说。

可这也行不通。就算弗朗兹当艾伯哈德不存在,艾伯哈德也永远不会当弗朗兹不存在。艾伯哈德还想拿弗朗兹取笑逗乐呢。不管弗朗兹怎么着,他都会这么干的。

"告诉他,'别惹我,否则的话,我哥哥会打得你一个星期爬不起床!'"哥哥约瑟夫给弟弟撑腰说。因为约瑟夫比艾伯哈德还要高出一个头,而且也更加强壮,所以弗朗兹觉得这个主意还算是明智的。

可事实上他也还是用不上这一招,因为和从前的情况一样,肯定是在弗朗兹需要约瑟夫帮忙来对付艾伯哈德的时候,他却偏偏不在现场。

每天早晨,在弗朗兹去学校的路上,约瑟夫不可能跟他在一起,因为约瑟夫是坐无轨电车上学的。课间休息的时候,约瑟夫当然也不可能跟他在一起。中午弗朗兹下学回家的路上,约瑟夫更不可能陪他,因为那时候约瑟夫还坐在课堂里呢。大孩子上课的时间要比一年级小学生长多了。而且约瑟夫也不可能就为了教训教训艾伯哈德·莫斯特,就在下午跑到他们家去呀!

所以,弗朗兹一点儿也不想用一个高大结实的哥哥去威胁艾伯哈德。一个虽然高大结实,可却从来也不可能出现的哥哥,对艾伯哈德来说,根本就不可能有什么震慑力。

不过,弗朗兹还有丽莉!丽莉是个大学生,下午负责照顾弗朗兹。在弗朗兹的妈妈下班回家之前,她就一直待在弗朗兹家。

弗朗兹每天都因为那个艾伯哈德·莫斯特而烦恼,有时甚至哭哭啼啼地回家来,这让丽莉看不下去了。

"绝不能让这个坏东西不受任何惩罚地为所欲为了。"丽莉对弗朗兹说,"我们得想个好办法,小家伙。"

丽莉总是叫弗朗兹"小家伙",不过她没什么恶意。

"对付艾伯哈德,谁也没办法。"弗朗兹说。

"要真是没人敢惹他,那倒好了。"丽莉欢呼起来:"小家伙,我发誓,我已经想出一个绝妙的好主意了。"

"那就赶快呀,"弗朗兹说,"再长我可受不了啦。"

一次,弗朗兹从学校出来的时候,丽莉正站在学校的大门洞里。弗朗兹很惊讶:"你怎么来接我了?"

"我想认识认识这个艾伯哈德·莫斯特。"丽莉回答。

佳碧随后也放学了,她朝大门洞外指了指,对丽莉说:"他来了,就那个穿绿裤子,长着土豆鼻子的家伙。"

"那好哇,就让我们见识见识吧。"丽莉说着,朝艾伯哈德走去。

弗朗兹和佳碧没有跟她一起走过去。

"她现在会把那个坏蛋揍扁吗?"佳碧问。

"也许吧。"弗朗兹有些心不在焉地回答着,心里却直打鼓,要是丽莉真这么做了,那他究竟该不该高兴呢?

可丽莉一点儿也没有这么做的意思。她非常友好地跟艾伯哈德聊着。她对他说:"我叫丽莉。弗朗兹告诉我说,你长得高大极了,也结实极了。我可喜

欢又高大又结实的小伙子了。你今天下午要不要来我们这里？我们有一箱可乐，还有一整块李子蛋糕。要是我能帮你做家庭作业的话，我也很高兴帮忙。我可会用小珠珠画画了，我还能一笔一画地像小学生那样写字呢。"

艾伯哈德呆呆地看着丽莉，一个字也说不出来。

"我们住在兔子巷一号。"丽莉又对他说。说完之后，她就走回到了弗朗兹和佳碧待的地方，她右手拉着弗朗兹，左手拉着佳碧，迈着大步跟他们一起回到了家。

"这辈子都不可能!"弗朗兹说,"艾伯哈德这辈子都不会来找我的。"

"可没准儿艾伯哈德会来找我的。"丽莉说。

"那我就跟你打赌,他肯定不会来的。"弗朗兹说。

"最好别。"佳碧警告他说,"打赌就有可能会输。可你要是输了,就会变得很讨人嫌!"

幸好弗朗兹没打这个赌,要不然,他就输定了。

刚好下午三点钟的时候,艾伯哈德就站在了弗朗兹家的门外,按得他家的门铃响成了一片。

"怎么样,小家伙?"丽莉得意地问弗朗兹,"这你可没想到吧,是不是?"她朝弗朗兹做了个鬼脸:"你可得记住了,我的魅力是没有哪个男人可以抵抗的。就连那个艾伯哈德·莫斯特也不可能。"

"我可不掺和这事儿。"弗朗兹大声喊道。

他才没兴趣跟自己的对头一起分享李子蛋糕呢。于是他跑进了自己的房间,房门砰的一声,在他的身后撞上了。

丽莉朝房门口走去,一边走一边故意放大声音说:"但愿这回真是我可爱的艾伯哈德来了。"

等丽莉一打开门,艾伯哈德就赶紧说:"是我。"

丽莉把艾伯哈德领进了厨房,请他在餐桌旁坐了下来。她在他面前放下了一个盘子,上面盛着十块李子蛋糕,还在桌上放下两瓶可乐和一个啤酒杯。

她在艾伯哈德身旁坐了下来,亲热地对他说:"我很高兴你来了,千真万确,一点儿都不骗你!"

艾伯哈德拿起一块蛋糕,张嘴咬了一大口。他嘴里嚼着蛋糕,眼睛一眨不眨,着迷地瞪着丽莉。

弗朗兹虽然不愿意跟他的对头一起吃蛋糕,可究竟丽莉会跟艾伯哈德说什么,他还是很想知道的。所以他就悄悄地溜出了自己的房间,蹑手蹑脚地跑到了厨房门后,躲在那里偷听里面的动静。

开始时他什么话也没听见,只听见一片吧嗒着嘴吃东西的声音。

弗朗兹心想:他吃起东西来也跟肥猪似的!

不过,过了一会儿之后,他听到丽莉说:"亲爱的艾伯哈德,你可能有点儿奇怪,我怎么会邀请你的吧?"

"嗨——"艾伯哈德含糊不清地答应着。

"其实呢,是这么回事,"丽莉继续说下去,"从前,我有一个非常非常可爱的小弟弟,他是我这辈子最最喜爱的人。"

弗朗兹奇怪极了,究竟丽莉在说什么呀?她就只有一个尖酸刻薄的大姐姐,除此之外再没有什么其他的兄弟姐妹了!丽莉一家人弗朗兹都很熟悉。那她为什么还这么说呢?

弗朗兹被搞糊涂了。这会儿她的话里像灌了蜜,甜腻腻的。她可从来不这么说话的呀!

"可我最最亲爱的小弟弟,那么可爱甜蜜的小弟弟,一年前被死神夺去了……"

弗朗兹边听边想,现在可是十三点钟乱敲了。这个谎撒得简直就像书上编的那些故事似的!

"而你,艾伯哈德,看起来长得跟他一模一样,简直就像是双胞胎一样!"

我可听够了,弗朗兹心想,我再也不要听这些胡扯八道了。简直太刺耳了!

弗朗兹悄悄溜出了自己的家门,跑到隔壁按响了佳碧家的门铃。

"怎么样?"佳碧一给弗朗兹打开门,就好奇地问道。弗朗兹向佳碧描述了自己听到的一切。

"这怎么可能呢?"佳碧也喊叫了起来。

"你可以自己跑到对门去,亲耳听听他们说些什么。"弗朗兹对佳碧说,"我让我们家的门开着呢。"

"我就去。"佳碧马上说,随后就蹿出门去。她走过楼道,溜进了弗朗兹家。弗朗兹则走进了佳碧家,到厨房去找佳碧的妈妈。

佳碧妈妈正从洗碗机里取出洗好的餐具。弗朗兹靠着冰箱站住了。

"嘿,"佳碧妈妈对弗朗兹说,"你今天看起来好像也没什么兴趣开开玩笑了。"

弗朗兹回答说:"我的对头正坐在我们家的厨房里,大嚼我们家的李子蛋糕呢。"

"这可太过分了。"佳碧妈妈说,"那最好你还是来吃我们家的李子蛋糕吧。"

她从柜子里取出一盘李子蛋糕。弗朗兹吃了一块，又吃了一块，然后又吃了一块，吃完之后又再吃了一块。这下他感觉平衡了。佳碧妈妈做的李子蛋糕，比艾伯哈德在他家大嚼特嚼的蛋糕，蛋糕上的李子至少多一倍。

等弗朗兹拿起第五块李子蛋糕吃的时候，佳碧跑了回来。"你简直就没法相信，"她冲弗朗兹大喊大叫地说，"他们俩称兄道弟地喝起来了，跟拜了把子似的！"

佳碧妈妈摇着头表示不满。"我觉得这很不好,"她说,"丽莉怎么能跟弗朗兹的对头称兄道弟的呢。"

"我觉得也是。"佳碧说。

弗朗兹什么也没说,他无论如何也搞不明白,这一切究竟是怎么回事。

然后弗朗兹和佳碧一起帮佳碧妈妈收拾了针线筐,他们还一起收拾了前厅。平常弗朗兹和佳碧从来也没帮佳碧妈妈做过家务。

可现在弗朗兹因为太过激动和混乱了,变得非常神经质,他一点儿玩的兴趣都没有。

"他到底什么时候才回家呀?"这个问题弗朗兹已经问了一百遍了。

终于,弗朗兹家的门吱吱嘎嘎地响了起来。弗朗兹家的大门只要一打开,就会吱吱嘎嘎地响。弗朗兹的爸爸早就该给门枢上点儿油了!

"呼——"弗朗兹小声地如释重负地吐出了一口气。

佳碧妈妈和佳碧都屏住了呼吸,竖起耳朵听着外面的动静。

"再见,亲爱的弟弟!"只听丽莉说道。

"再见,亲爱的姐姐!"他们接着听到艾伯哈德说。随后就听到一阵脚步声响,沿着楼梯一直响到下面。弗朗兹扔下了手中的抹布,他这会儿正拿着抹布擦镜子呢,飞快地跑向了隔壁。

"丽莉!"他大吼大叫着,"丽莉!这算怎么回事?!你干吗要跟我的对头称兄道弟的?"

"耐心等等看,小家伙。"丽莉不慌不忙地说,她脸上带着神秘的微笑。其他的,她就不肯再多说什么了。

弗朗兹对此却感到十分不满。从下午到晚上,他一直揪着丽莉想问个究竟,问到了妈妈下班回家,丽莉要回自己家去了,他也没问出个名堂来。

他总是问:"丽莉,你为什么要编出个弟弟来?"

他还问:"丽莉,你为什么骗艾伯哈德说,你那个根本不存在的弟弟,跟他长得一模一样,跟双胞胎似的?"

"这不是很符合逻辑吗,小家伙?"丽莉说,"好让他跟我称兄道弟呀。"

"可他为什么该跟你称兄道弟呢?"弗朗兹还是搞不明白。

可丽莉还只是说"等等看",说完她就回家去了。

第二天到了学校,课间休息的时候,只听艾伯哈德·莫斯特大声宣布说:"大家都听着!从现在起,我就是弗朗兹的保护人!谁敢动他一根头发,就得先问问我同意不同意!"

其他孩子都瞪圆了眼睛。

他们可从来没对弗朗兹做过什么呀!

"我姐姐负责照顾弗朗兹,"艾伯哈德解释说,"现在每天上午我代替她来照顾弗朗兹!"

自从那以后,艾伯哈德再也没找过弗朗兹的麻烦。弗朗兹对此感到十分幸运。

　　当然了,每一种幸运之中都包含着一点儿苦涩。现在,每周艾伯哈德都要来看望他的"拜把子姐姐"两次,每次他离开的时候,弗朗兹家里就连一粒蛋糕渣都找不出来了。

　　不过,反正弗朗兹觉得佳碧妈妈做的蛋糕,吃起来味道更好!

弗朗兹的烦心事儿

弗朗兹已经七岁零六个月了。他有妈妈、爸爸、哥哥和一个女朋友。他的哥哥叫约瑟夫。他的女朋友叫佳碧,就住在他们家隔壁。

弗朗兹还有一些烦心事儿,其中一个问题是,要是你有什么事没法对付的话,那你该怎么办?

弗朗兹对一件事感到难以对付,那就是,他是学校里个子最矮的孩子。尽管弗朗兹在过去的六个月里长高了三厘米,可是其他的孩子,却在过去的一个月里就长高了三厘米!

弗朗兹的声音也是个让他烦心的事,只要他因为什么事紧张激动起来的话,他的声音就会变得尖锐哆嗦起来,简直就像是小耗子发出的声音。这让他很生气,因为人在紧张激动的时候就想大声喊叫,而不是像耗子似的咿咿呀呀。

从前的时候,弗朗兹还有一个问题。因为他实在没法接受,自己长得像个小姑娘。

不过这个问题弗朗兹已经解决了!他那头金黄色的卷发肯定是罪魁祸首,让别人老把他当成了女生。

为此,弗朗兹很长一段时间都让爸爸把他的脑袋剃成了光头。谁也不会认为,一个脑袋光光的孩子是个女生!当然了,过了几个星期之后,弗朗兹又让自己的头发长长了。

他在浴室找到了一管牙膏样的东西,不过里面装的不是牙膏,而是一种粉红色的糊糊。这种粉红色的、黏糊糊的东西叫作发胶。如果你把它抹在脑袋上的话,

头发就会直直地竖起来。

　　这回就连一个卷儿也没有了,脑袋看起来就好像刺猬似的。没有哪个女生会有这样的发型!可妈妈和爸爸对弗朗兹的新发型却一点儿也不欣赏。

　　"弗朗兹,"妈妈抱怨地说,"要是我现在伸手摸摸你的脑袋的话,那我的手指都会被扎破!"

　　不过弗朗兹却不受妈妈的干扰。他心想:我可不是小婴儿了!反正我也不想让你们胡噜我的脑袋!

　　"弗朗兹,"爸爸也抱怨说,"你这个样子看上去真吓人!"

　　就是爸爸的话也没能让弗朗兹受到干扰。

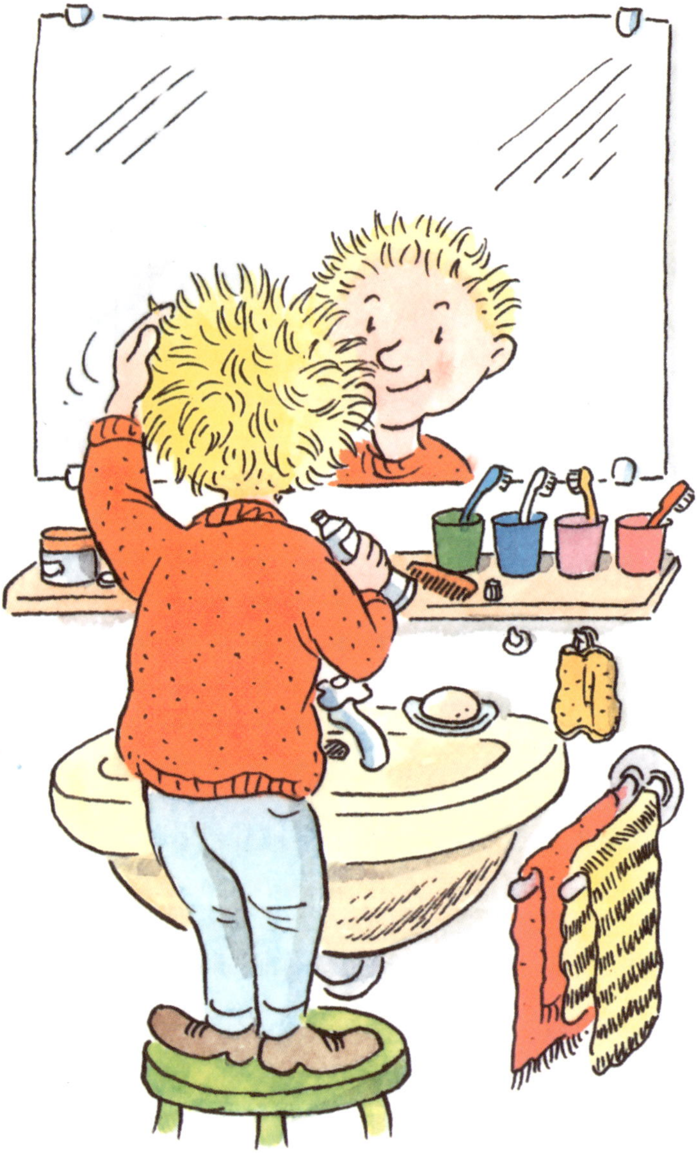

他心想：要是其他人都被我吓住的话，那倒挺不错的！自从弗朗兹有了新的发型，哥哥约瑟夫就只管他叫"硬毛猪"了。

可是从前约瑟夫总是管弟弟叫"大笨蛋"，或者"大傻瓜""小矬子"什么的。那弗朗兹还是觉得"硬毛猪"听起来好听些。

佳碧不觉得弗朗兹的新发型有什么问题，她甚至还很喜欢他的"刺猬毛"，以至于她自己也想做出几绺来，可是她妈妈不许她这么摆弄头发。

"她说得对，"弗朗兹对佳碧说，"因为你本来就是个女生！"

而且弗朗兹还有一个大麻烦：丽莉！

丽莉是个女大学生，她每天下午到弗朗兹家来照顾他。因为弗朗兹的妈妈得去办公室上班。丽莉给弗朗兹做午饭，弗朗兹要做功课的话，她就坐在他旁边看着。她还陪弗朗兹一起玩，跟弗朗兹一起去散步，帮他缝撕掉的扣子。丽莉对弗朗兹来说，可实在是很重要。

没有丽莉的生活，是弗朗兹根本无法想象的。

可是丽莉不久就要读完大学了。如果她通过了最后一个考试的话，她就想去美国待上一年，她在那儿有一个叔叔和一个姑姑。

弗朗兹每天晚上都祈祷说："亲爱的上帝呀，请一定让我的丽莉在最后一次考试中得个不及格！这样她就不能去美国了！阿门！"到现在为止，上帝都听到了弗朗兹的声音。丽莉已经两次没通过最后的考试了。

弗朗兹觉得自己有些过分，他怎么能乞求上帝给予自己快乐，而为此让丽莉烦恼呢？

弗朗兹最离不开丽莉的地方是，丽莉能帮他做家庭作业。这也是他的一个大麻烦！

弗朗兹可以很好地阅读，也能很好地做算术，他还很能想出些很漂亮的句子。只是写字对他来说是个难以对付的事。

有时候他会把字母的方向写反。比如他应该写"ich bin"，可他却写成了"ich din"。（德文 ich bin 是"我是"的意思。）

（弗朗兹）

113

或者干脆把数字写倒了个。弗朗兹写的 3 看起来是这样的：ε；他写的 4 是这样的：十。因此他特别喜欢写 8 和 0，字母他喜欢写 A、H、M、O、T、U、V、W，还有 X。这些字母和数字你就是写倒了个也是正确的。

每当弗朗兹坐下来写他的家庭作业的时候，丽莉就会坐在他的旁边，注意看着，弗朗兹是不是把所有的字母和数字都写对了。紧急情况下，她会使用"墨水杀手"。

"墨水杀手"装在一个小瓶子里,瓶盖上有一个小得不能再小的小刷子,就像是装指甲油的小瓶子。

如果你用小刷子蘸上一滴"墨水杀手",把它滴在写错了的字上,错字就会马上自行消失了!然后你只需要等一等,等"墨水杀手"自己也干了,就可以再写上正确的字了。

丽莉每个月都得为弗朗兹的本子费上一小瓶"墨水杀手"。

弗朗兹是怎么战胜他的尖嗓音的

有一天,弗朗兹下课回家,丽莉对他说:"小家伙,做完了家庭作业,我们就去找彼得,看看他们家的猫!不然的话就看不到了,明天会有人来把它们都取走。"

丽莉总是管弗朗兹叫"小家伙",这倒一点儿都不让弗朗兹生气,因为丽莉管所有的男孩子都叫"小家伙",包括那些很大的也一样。

弗朗兹很喜欢那些刚生下的小猫,简直喜欢得快疯了。他暗地里着急,想马上就去看那些小猫。

弗朗兹想:谁知道呢,万一彼得想把猫送给他们的那些人今天就来了呢？谁又能知道，他们会不会一个小时里就到彼得家了呢？

于是弗朗兹吃中饭的时候就对丽莉说："我们今天根本就没有家庭作业，喊里喀喳老师忘了布置了！"

"喊里喀喳"是弗朗兹的老师，其实他叫斯沃巴达。但是因为他说起话来总是喊里喀喳的，又短促又快捷。弗朗兹就给他起了这么个外号。

丽莉相信了弗朗兹的话，吃完午饭他们就直接去彼得家看小猫咪去了。他们在那里跟猫咪和彼得一直玩到了傍晚时分。

等弗朗兹回到家的时候,妈妈、爸爸和约瑟夫已经都在家里了。甚至晚饭都在桌子上摆好了。

弗朗兹吃了粗麦做的煎饼,帮妈妈收拾了碗碟,又跟爸爸一起玩了会儿练记性的纸牌游戏。然后躺在大堆的泡沫中,舒舒服服地洗了个澡,又看了会电视,就上床准备睡觉。就在要睡着的时候,他突然想起了今天的家庭作业。没完成作业,明天可没法上学!这绝对不行!于是弗朗兹打着哈欠从床上爬起来,坐到书桌前,从书包里拿出了带小方格的家庭作业本。

喊里喀喳老师留了算术作业,只有六道小题。可是弗朗兹已经非常非常疲倦了,弗朗兹知道,要是非常非常疲倦了的话,那自己很可能会把数字写倒了个。

弗朗兹这会儿想:像我现在这样,累得像条只会捯气的狗,百分百我会把所有的数字都写倒的!

于是弗朗兹想出了个好主意来,而且说起来简单极了。他想:那我就按那些我觉得是错的数字来写!反正只要是我觉得是错的,肯定就是对的! 弗朗兹对自己的这个超级主意真是得意极了。

弗朗兹虽然已经很困很困了,可他决定坚持按照自己的超级主意去做。他打着哈欠用最漂亮的字体在方格练习本上写下了以下的算式:

$$F+e=12 \qquad 10+8=18$$
$$11-4=F \qquad 12-e=6$$
$$19+3=22 \qquad 11+11=22$$

如果弗朗兹没有照着他的超级主意去做的话,那他也就犯了两个错误。当然,此刻弗朗兹是认识不到这一点的。直到第二天早上,当他想把方格练习本放进书包的时候，才突然发现了自己的错误。看清了发生的不幸之后，弗朗兹吓得不轻。

他急忙拿出"墨水杀手"在练习本上倒了一小滴，然后用那个小不点的刷子把"墨水杀手"在本子上涂抹出了一个小湖。

"墨水杀手"神奇地将写反了的数字都除掉了，可正确的也被除掉了。等到"墨水杀手"彻底干了的时候，这一页抹过药水的纸变得黄黄的，而且还皱皱巴巴凹凸不平，实在是难看极了！

弗朗兹抓起本子就跑去找妈妈。

妈妈正在浴室里,她刚好在冲澡。弗朗兹大喊着:"妈妈,看哪,我的本子怎么变成了这样!"

他的话几乎还没说完,他的本子就再次经历了更可怕的变故!

弗朗兹在妈妈的拖鞋上绊了一跤,练习本从他的手中飞了出去,闪电一般地飞过空中,嗖的一声,直接落进了浴缸。

虽然妈妈马上把浴缸里的水放掉,可还是太晚了,已经无法挽救弗朗兹的练习本了。

湿透了的本子躺在浴缸的底上,蓝色的墨迹顺着水流向下水道流去。

弗朗兹从水中捞起本子时,里面已经没有一页是完好无损的了,所有的算式都已被水溶解,变成了一片片蓝色的乌云。甚至连喊里喀喳老师用红墨水笔批改的地方,也已经溶解,化成了一片片粉红的云彩。

"现在我可怎么办?"弗朗兹抽抽搭搭地用尖细的嗓音说。

妈妈从浴缸里出来,长长地叹了口气。爸爸也跑进了浴室,惊讶地看着还在滴水的练习本。

连约瑟夫都跑了进来,一看到滴水的练习本就大笑起来。弗朗兹继续抽泣着,声音尖细哆嗦地说:"我这辈子也没法向喊里喀喳老师解释清楚了!"

"你当然能了!"妈妈表示反对。

"他当然不能了!"约瑟夫反对妈妈的意见,"他要这么挤着嗓子说话,喊里喀喳一个字也听不明白!"

约瑟夫的话让爸爸和妈妈也看到了问题的严重性。"是啊,那我们该怎么办呢?"爸爸跟妈妈小声嘀咕。

"你们俩得有一个跟那个硬毛猪一起到学校去。"约瑟夫建议说。

"可那我们上班就得迟到了。"爸爸妈妈异口同声。

"那你能跟我一起去学校吗?"弗朗兹声音哆嗦地问,眼睛看着约瑟夫。

约瑟夫大声喊叫了起来:"别犯傻了,硬毛猪!我自己也得上学去呀!"

"那丽莉呢?"弗朗兹绝望地问,他的声音抖得更厉害了。

123

"对呀！丽莉！"妈妈可抓住了根救命稻草。

妈妈把自己用大浴巾围了起来，急忙向电话机跑去。她打电话给丽莉，那边却没人接电话。有时候，丽莉也会在彼得家过夜。

"我有主意了。"爸爸说，"我给喊里喀喳老师写个措辞友好的条子！"

他从家里最精致的信笺中拿过一张来，写道：

> 非常尊敬的斯沃巴达老师：
>
> 　　我可爱的小儿子的算术练习本不幸掉进了浴缸。对此我们大家都觉得十分遗憾。
>
> 　　我请求您对于这一不幸事件能够宽怀大度地予以接受。
>
> 　　顺致崇高的敬意！
>
> 　　　　　　　　　　弗吕斯特

这封漂亮的书信让弗朗兹的心安静了一些。他不再哭泣了,他的声音也渐渐恢复了正常。一声不吭地把信交给喊里喀喳老师,这一点弗朗兹还是能做到的。弗朗兹叠好了信,他本想把信放进书包里,可就在这时,佳碧站在门口按响了门铃。她每天早上来接弗朗兹一起去上学。弗朗兹不想让佳碧等自己,就把那封信塞进了裤子后面的口袋里,随后猛地合上书包,喊了声"再见",就跑出了家门。

妈妈追出来冲他喊:"下雨了,弗朗兹!"

弗朗兹听到了妈妈的话,不过因为佳碧没穿雨衣,那他也不想穿雨衣。他又不是糖做的,一沾水就化,而且外面的雨下得也不大。

等到离学校还剩三条街的时候,大雨瓢泼一样倒了下来。那可是一场真正的大雷雨呀!

弗朗兹想跑到一个大门洞里去躲雨。可佳碧却把书包顶在脑袋上,拔腿向学校跑去。

"差不多就跟一把雨伞似的。"她朝弗朗兹喊道。

于是弗朗兹也把自己的书包顶在了刺猬头上,跟在佳碧身后向学校跑去。

弗朗兹全身滴水地跑进了自己的教室。其他所有的孩子身上都是干干的,他们都是穿着雨衣来上学的。喊里喀嚓老师让弗朗兹去找看门人的太太。

"把脑袋吹干,"他对弗朗兹说,"不然你会感冒的!"

看门人的太太不仅把弗朗兹的脑袋擦干了,她还借给弗朗兹一套运动衣穿,那是她从失物招领的箱子里拿来的。

那套运动衣很大,套下三个弗朗兹肯定还富裕。弗朗兹宁肯还穿自己湿透了的衣服。可是看门人的太太不让他穿。

　　等到弗朗兹拎着浸湿的衣物走回教室的时候,喊里喀喳老师已经开始上课了。他正在收算术作业本。

　　"你的本子!"他对弗朗兹说。

　　弗朗兹点着头,把手伸进牛仔裤后面的裤兜里,掏出了爸爸写的那封信。

那封信也已经湿得透透的了!那上面没有一个字母还能辨认得出来。信纸上有的只是一片浅蓝色的云彩和深蓝色的云彩。喊里喀喳老师诧异地瞪着这张纸。

"这是什么意思?"他莫名其妙地问弗朗兹。

"是我爸爸写的!"弗朗兹费劲地挤着嗓子说。

"这到底是怎么回事?"喊里喀喳还是不解地问。

"就是说,我的本子跟这封信一样了。"弗朗兹的嗓音更尖锐了。

"好好说话!"喊里喀喳老师提高了声音。

"我绊在拖鞋上摔了一跤。"弗朗兹还是只能用尖细颤抖的嗓音说。

"绊在什么拖鞋上?"喊里喀喳老师大吼起来。

到了这会儿,弗朗兹已经因为太过激动和紧张,连尖细哆嗦的声音也发不出来了。他清理着嗓子,可除了几声引人注意的嘶哑咳声外,什么声音也发不出了。他使劲咳嗽,因为他想,没准儿他能把正常的声音咳回来。

不管他怎么咳嗽，怎么使劲地清理嗓子，他的声音却连个影儿都不见。

"淋雨感冒了！"喊里喀喳老师说，"彻底感冒了！"

喊里喀喳老师走到装教具的柜子旁，从里面拿出一条干净的擦黑板的抹布，把它围在了弗朗兹的脖子上。

"坐下，闭上嘴，一句话也别说！"他命令弗朗兹道。

弗朗兹走回到自己的座位上，坐了下来，听喊里喀喳老师向其他孩子解释，着凉感冒后，得好好保护自己的嗓子。

"不然的话，有可能一个星期嗓子都是嘶哑的！"喊里喀喳说。

下午在家里，弗朗兹向丽莉讲了今天发生的事情。

"可是小家伙！"丽莉大声说，"你总不能直到小学毕业都哑着嗓子啊！总有一天你得告诉他，你的本子飞进了浴缸。"

"但不是明天！"弗朗兹说，他的声音又开始有点儿嘶哑了。

爸爸和妈妈也同样认为,弗朗兹应该明天就向老师解释清楚本子的事情。

"把麻烦事往后推是解决不了问题的。"爸爸说。

"别老是跟个兔子似的,胆小怕事。"妈妈也说。

约瑟夫也跟着起哄:"好一个哆里哆嗦的硬毛猪哇,听到一丁点儿响动,就吓得尿裤子!"

弗朗兹只能同意,爸爸妈妈和约瑟夫是有道理的。他对自己气恼极了。

气死人了!弗朗兹简直都不肯在镜子里再看自己

131

一眼！可这有什么用呢？他实在没有办法去改变这个现实,只要喊里喀喳一声吼,他就彻底变成哑巴了。

"你当然能改变现实了,硬毛猪,"约瑟夫对弟弟说,"你必须得战胜自己！"

战胜自己？约瑟夫说得倒是容易！

他从来也不需要战胜自己！最多,他只要管住自己的嘴巴就行了！他是他那个学校最调皮捣蛋的学生！如此的胡说八道弗朗兹是再也听不下去了！

他到隔壁去找佳碧,向她述说自己的不幸。现在,佳碧是唯一一个可以给他安慰的人啦。

佳碧不仅安慰了弗朗兹,还给他出了个好主意,一个真正的超级好主意！

第二天,弗朗兹带着一台录音机去上学了。八点钟上课的铃声刚一响过,弗朗兹就把录音机拿了出来。

"这是什么？"喊里喀喳莫名其妙地问。

弗朗兹拿着录音机走到讲台旁,他把录音机放到讲台上就按下了放音键。立刻,弗朗兹的声音响彻了整个教室:

"对不起,我的算术练习本掉进了浴缸里。虽然现在本子已经干了,但是我没法再在上面写字了,因为整个本子的纸张都已经因为吸水变形了。"

同时,弗朗兹的嘴巴也跟着一张一合,一张一合,一张一合……

最初,喊里喀喳目瞪口呆地盯着弗朗兹,他的眼睛几乎都惊讶得要掉出来了。然后他就开始笑了起来。他先是哧哧地笑着,然后就哈哈地笑起来,再后来他两只手拍打着大腿笑得止不住,最后他双手抱着肚子笑个没完。他笑哇,笑哇,笑声从他身体的深处发出,就像成千上万的小石子在一个铁皮盒子里摇晃似的,听起来发出叮叮当当的声响。

然后他抬起手取下了眼镜,好擦去笑出来的泪水。他站起身来,走到教具柜前,从里面拿出一本新的方格练习本。他把本子递给了弗朗兹。

"请拿去用吧,你这个别出心裁的小家伙。"他一边说,一边还在哧哧地笑。

弗朗兹用尖细的嗓音说了声"谢谢",就接过练习本,拿起录音机,走回到了自己的座位上坐下。

课间休息的时候,所有的同学都来祝贺弗朗兹。他们说:"你是第一个能让喊里喀喳笑起来的人,除了你以外,还从来没有人做到过这一点!"

于是,弗朗兹心里觉得得意极了。

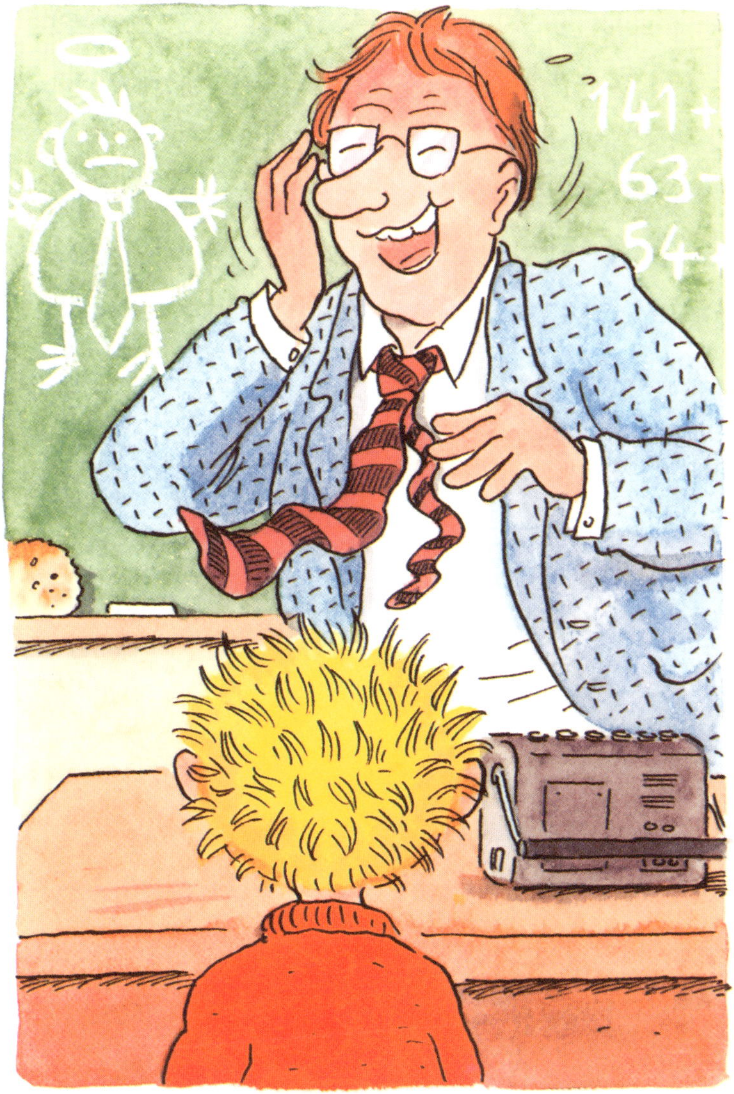
141+
63-
54

弗朗兹对什么感到不满意

弗朗兹对妈妈和爸爸差不多一直都是很满意的。可是一提到电视,他就不得不生起他们二位的气来,因为他们都是电视盲!最反对看电视了。有线电视他们不肯装,卫星天线他们也不想要。所以弗朗兹在家就只能看三个台的电视节目。

他经常为此在妈妈那儿发牢骚说:"所有孩子家里都有有线电视,要不就是装了卫星天线。他们都能看二十个台。而我总是像个傻瓜。"

弗朗兹觉得自己像个"傻瓜",因为其他同学在学校里总是议论着在电视里看到的电影,还有电视连续剧,而他从来没法跟大家一起聊。因为其他同学老是在一起聊这些,还一聊就聊老半天,于是弗朗兹就常常无话可说,常常老半天都得闭上嘴巴。

艾伯哈德甚至问过他,是不是他的爸爸妈妈太穷了,买不起卫星天线,也看不起有线电视。要不就是他们属于那些反对看电视的老顽固、小气鬼。

弗朗兹可不愿意别人把他爸爸妈妈看成是穷光蛋,或者是老顽固、小气鬼。而在大家聊得热闹的时候,他却不得不闭上嘴巴,这也让他不高兴。

两个星期前,同学们又凑在一起聊起了电视里的连续剧。他们说的那个电视剧里有一个侦探,他的搭档是一条狗,那狗可聪明了,能把罪犯嗅出来。

有的同学觉得这个连续剧棒极了,另外一些则认为整个一气胡说八道,因为根本就不可能有这么一条狗。弗朗兹只好待在一旁闷头不响。

"你觉得呢?"阿列克桑德问他。

弗朗兹不想又对同学说,这个连续剧他在家没看过。于是他就说:"我看了别的片子。"(其实,他跟妈妈在家玩了跳棋游戏来着。)

"你看了什么?"阿列克桑德追问。

"另一个连续剧。"弗朗兹说。

"是哪个?"玛蒂娜也问。

"是……一个宇航员的故事……他从另一个星球……唔……降落到我们的……唔……而且……他的宇宙飞船也坏了。"弗朗兹说。

"是哪个台播的?"马科斯问。

"SAT六台。"弗朗兹说,他的声音已经开始拔高了。

"SAT六台?"玛蒂娜、马科斯和阿列克桑德都同时用手指点着自己的脑门,表示他脑子进水了,起着哄地对弗朗兹喊叫,"根本就没有SAT六台!"

弗朗兹想:谁要是撒了一次谎,就得一直撒下去!他费力地挤着嗓子说:"就是有! 得用专门的天线接收,我爸爸自己做的!"

这回不光是玛蒂娜和阿列克桑德,其他的孩子也都不相信地看着弗朗兹。彼得甚至说:"你爸爸自己能做出天线来?那连我爸爸那么笨手笨脚的,冬天也能自己换轮胎了。"

幸好艾伯哈德帮忙,来解弗朗兹的围了。艾伯哈德总是护着弗朗兹,他才不管弗朗兹说的是实话还是假话呢。好朋友之间这根本无关紧要!艾伯哈德大声说:"他爸爸就是会!那天线我见过。超级酷!小得就像一个盘子那么大,就装在屋顶上。不过从那个卫星接收的节目,现在还是试播阶段。"

然后艾伯哈德又说:"也许过两年以后,你们也能看到SAT六台的节目了。"

这回其他的孩子都相信了。他们可没想到,艾伯哈德会帮弗朗兹圆谎。

从那以后,弗朗兹每天都得向其他同学报道,SAT六台播出的电视连续剧有了什么新进展,宇宙飞船上又发生了什么新故事。

第一天,弗朗兹给同学们讲故事的时候,说话的声音还有点尖尖的。他告诉大家说,宇航员在森林里盖了一座树屋,在里面冻得够呛,因为戏里是十二月份。尽管如此,他还是对下雪感到很高兴,因为在他生活的那个叫格莫尔的星球上,从来没有下过雪。那儿下的雨都是紫色的,还是温吞吞的。

第二天,弗朗兹再给同学们讲故事的时候,他的声音几乎跟平常一模一样了。弗朗兹说,有两个少年找到了宇航员,可是他说的话,却没人能懂。于是宇航员就从航天飞船上取出一个"世界语言翻译器"来。这样宇航员讲的"格莫尔语"就被翻译成了德语,而那两个少年讲的德语也被翻译成了"格莫尔语"。两个少年一心想帮这个格莫尔人修好飞船,因为他非常想家。

现在,弗朗兹每天都得给同学们讲述这个电视连续剧的故事。他的故事从修理飞船开始,这会儿飞船还缺少足够起飞的动力,而那个可怜的宇航员却一天比一天衰弱下去了,因为他的食物储存——那些药片哪,装在牙膏一样的管子里的糊糊哇——都已经吃光了。

可他一吃两个少年带给他的食物，就会拉肚子。只有其中一个少年带来的桂皮星星饼，他吃了肚子没事儿，那是少年的妈妈自己烤的。

于是，这个少年就从家里把妈妈为圣诞节烤的所有桂皮星星饼都偷偷地抱了出来，好把这种小饼干塞给宇航员吃。少年的妈妈发现饼干总是失踪，以为家里每天晚上都进了小偷，就去警察局报了案。

每天讲一个新的宇航员的故事，对于弗朗兹来说，根本就不费什么劲儿。相反他还觉得挺好玩的。他可是个编故事的好手。而且，当全班同学都在听他讲故事的时候,那感觉没治了。弗朗兹还从来没经历过这样的事情,他觉得很享受。

然而这件事带来的问题是,其他的孩子对 SAT 六台变得越来越好奇。他们越来越不满足于只是听弗朗兹讲故事,而是想亲眼看到节目。

"今天下午可以去你家吗?"他们问弗朗兹。弗朗兹回答的时候,声音已经变得尖锐哆嗦了。他说:"那可不行,我妈妈要上班,她不喜欢她不在的时候,有陌生的孩子来我们家。"

尽管他这么说了,有的孩子还是不肯放弃。"就电视剧播出的那半个小时,"他们苦苦央告着,"完了我们马上就走。你妈妈根本就感觉不到我们曾经去过你家。"

这回弗朗兹不知道该怎么办了。总算艾伯哈德看出了他的尴尬,为了把其他的孩子从弗朗兹身边赶走,他大声地冲他们嚷嚷着:"别烦他了,你们可不知道,他妈妈有多凶。那简直就是个泼妇。如果她是你们的妈妈的话,你们谁也不敢做她不许做的事呢。"

每次当艾伯哈德对其他同学这么说的时候,弗朗兹都觉得胃里堵得慌。真不该这么歪曲妈妈的形象。她从来也没不让弗朗兹请学校的同学来家里玩,泼妇跟她就更不沾边了。

班上的大部分同学要是有她这么好的妈妈,就该乐死了。

格莫尔人成了一个麻烦

弗朗兹开始长篇连载,讲述了一个星期格莫尔宇航员的故事。这天,他正坐在家里写作业,他的爸爸和妈妈还都在上班,哥哥约瑟夫泡在游泳池里也不在家。只有索克尔太太在,她每星期来打扫两次卫生。弗朗兹不怎么愿意单独跟索克尔太太一起待在家里,因为她总希望整套房间都像她三天前打扫完离开时那么干净。这当然是不可能的。

于是她就老是指责弗朗兹,不该在浴室的镜子上按出脏手印啦,不该把断了的铅笔尖扔到地毯上啦,不该在厨房的瓷砖地面上留下橡胶鞋底划出的道道啦。要是她在堆放准备高温清洗的白色衣物的洗衣筐里,发现了一只彩色的袜子,那她简直就要跳起来。

事实上这些都是约瑟夫干的。他总是抢着照镜子,在纸篓旁削铅笔,用橡胶鞋底在厨房地上蹭出道道,还把自己的脏袜子扔进白色衣物中。可索克尔太太来的

时候,约瑟夫早跑得远远的了。而毫无过错的弗朗兹,只好待在家里听着索克尔太太喋喋不休的唠叨。

弗朗兹缩成一团,像个小耗子似的躲在自己的书桌后面,希望索克尔太太看不见他。就在他伏在书桌上写作业的时候,有人按响了他家的门铃。

因为约瑟夫出门经常忘了带钥匙,所以弗朗兹想:这肯定是约瑟夫。他回来得正好,现在索克尔太太可找着正主了。

弗朗兹跑到了门口打开房门,可站在门口的不是他的哥哥,而是马科斯、玛蒂娜和阿列克桑德!他们挤开弗朗兹跑进了走廊。

"我们给你带来的。"玛蒂娜说着,塞给弗朗兹一袋香蕉巧克力糖。弗朗兹的手指头哆嗦起来,连包糖果的纸袋都握不住了。纸袋扑通一声掉在了地上。

马科斯和阿列克桑德一起捡起散落在地上的香蕉巧克力糖,玛蒂娜说:"我们在游泳池碰到了你哥哥。他说我们搞错了,你妈妈不反对别人来你们家!"马科斯和阿列克桑德又把糖果塞回到弗朗兹手里。

玛蒂娜指了指客厅的门问:"你们家的电视是放在那里吗?"弗朗兹呆若木鸡地站在那里,嘴里连一个词也说不出来了。

他的脑袋里走马灯似的转着各种荒唐的主意,不知道自己该怎么办:是该拉下总保险,然后就说停电了,还是撒谎说爸爸得了猩红热,为了怕传染,不让任何人进客厅?

或者,要看SAT六台的节目,得有专门的密码,而妈妈把密码带走了?要不就突然倒在地上,大声叫唤,让他们以为我得了要命的急病,那他们就得来照顾我而忘了那倒霉的连续剧?不然就干脆冲出门去,逃到佳碧家躲起来,等到他们都走了再回家?然后再安静下来好好想想,明天到学校该怎么解释?

还没等弗朗兹拿定主意,究竟该怎么办,那三个人已经冲进了客厅,弗朗兹只听到索克尔太太的声音,她正用最恶狠狠的语调训斥跑进来的孩子们："听着，我干活的时候，用不着你们这帮小鬼来捣乱。都给我出去！去！去！都出去！"

马科斯、阿列克桑德和玛蒂娜推推搡搡，满脸失望地从客厅里退了出来。当他们从还木头一样呆呆地站在那里的弗朗兹身边跑过时，玛蒂娜对他喊道："对不起，弗朗兹！"马科斯也喊道："我们没想给你添麻烦。"阿列克桑德也对他说："那为什么你哥哥会不认为你妈妈是个泼妇呢？"

说完，三个人都跑下了楼梯，房门砰的一声关上了。弗朗兹全身都软了，瘫靠在墙上，终于放松地喘上了一口气。

第二天在学校里，弗朗兹给同学们讲了第八集，也是最后一集格莫尔宇航员的故事。他告诉同学们，宇航员终于可以回到他的故乡格莫尔了。

那两个少年也很想跟他一起飞到格莫尔去看看。半夜三更的时候，他们秘密地从家里跑出来，想去搭乘宇宙飞船。但其中一个只走到了花园的门口，就碰到了在那里等候的警察,他们是来抓偷桂皮星星饼的小偷的。他们抓住了这个少年,把他送回了爸爸妈妈那里。另一个在他们约定的碰头地点等啊等啊,没有他的好朋友,他可不想一个人跑到茫茫的宇宙里去。

于是,格莫尔宇航员只好独自起飞了。最后,弗朗兹说:"在他飞走之前,他答应一定会再回来的。不过,那至少得在两年以后了。所以,两年以内绝对不会出现连续剧的续集啦。"

图书在版编目（CIP）数据

弗朗兹的故事／（奥）克里斯蒂娜·涅斯特林格著；湘雪译.
-- 南昌：二十一世纪出版社集团, 2017.12（2022.8重印）
（彩乌鸦系列10周年版）
ISBN 978-7-5568-3262-0

Ⅰ.①弗… Ⅱ.①克… ②湘… Ⅲ.①儿童文学 - 中篇小说 - 奥地利 - 现代 Ⅳ.①I521.85

中国版本图书馆CIP数据核字(2017)第292992号

Title of the original edition:
Author: Christine Nöstlinger   Illustrator: Erhard Dietl
Title:
Geschichten vom Franz. Band 1   Neues vom Franz. Band 2
Schulgeschichten vom Franz. Band 3   Neue Schulgeschichten vom Franz. Band 4
Fernsehgeschichten vom Franz. Band 9
Copyright © Verlag Friedrich Oetinger, Hamburg
All rights reserved.
Chinese language edition arranged through HERCULES Business & Culture GmbH, Germany

版权合同登记号　14-2006-052

弗朗兹的故事／［奥］克里斯蒂娜·涅斯特林格 著；湘雪 译

责任编辑	彭学军　魏钢强　孙睿旼　刘晨露子
装帧设计	魏钢强
出版发行	二十一世纪出版社集团（江西省南昌市子安路75号　330025） www.21cccc.com
出 版 人	刘凯军
经　　销	新华书店
印　　刷	南昌市红星印刷有限公司
版　　次	2007年9月第1版　2017年12月第2版
印　　次	2022年8月第18（总65）次印刷
印　　数	398,001—418,000 册
开　　本	889 mm × 1300 mm　1/32
印　　张	4.75
书　　号	ISBN 978-7-5568-3262-0
定　　价	25.00 元

版权所有，侵权必究
购买本社图书，如有问题请联系我们；扫描封底二维码进入官方服务号；
服务电话：0791-86512056（工作时间）；服务邮箱：21sjcbs@21cccc.com。